U0576248

周华诚 主编

陪花再睡一会儿

浙江工商大学出版社
ZHEJIANG GONGSHANG UNIVERSITY PRESS
·杭州·

图书在版编目(CIP)数据

陪花再睡一会儿 / 周华诚主编 . — 杭州 : 浙江工
商大学出版社，2022.10（2023.8 重印）
ISBN 978-7-5178-5141-7

Ⅰ.①陪… Ⅱ.①周… Ⅲ.①散文集—中国—当代
Ⅳ.① I267

中国版本图书馆 CIP 数据核字（2022）第 181156 号

陪花再睡一会儿
PEI HUA ZAI SHUI YIHUIR
周华诚 主编

出 品 人	鲍观明
策划编辑	沈　娴
责任编辑	费一琛
封面设计	周伟伟
责任校对	夏湘娣
责任印制	包建辉
出版发行	浙江工商大学出版社
	（杭州市教工路 198 号　邮政编码 310012）
	（E-mail : zjgsupress@163.com）
	（网址 : http://www.zjgsupress.com）
	电话 : 0571-88904980 , 88831806（传真）
排　　版	杭州朝曦图文设计有限公司
印　　刷	杭州宏雅印刷有限公司
开　　本	787mm×1092mm　1/32
印　　张	9.125
字　　数	144 千
版 印 次	2022 年 10 月第 1 版　2023 年 8 月第 2 次印刷
书　　号	ISBN 978-7-5178-5141-7
定　　价	68.00 元

序

花开两朵。一朵是胡柚花，一朵是山茶花。这两朵花，是我家乡小城常山的美好风物。胡柚花开芬芳馥郁，其香流荡于天地之间，十分醉人；山茶花则寂寂于山野，开放时略显朴素，不事张扬。一花一世界，这两朵花其实大有深意，其背后乃是家乡清幽的山水、纯净的自然、生态的产业、绿色的发展；花的果实，则是胡柚与山茶籽，这两种果实的背后，是地方特产，是大地的馈赠，更是流传不息的生活日常。

我的散文集《陪花再坐一会儿》，就是试图通过书写呈现家乡的美好。也许是一个个身边的小人物，也许是一幕幕细碎的生活场景，我愿把我所热爱的家乡事物介绍给更多的读者。此书出版后，获得许多好评，于是，又有了《陪花再醉一会儿》《陪花再睡一会儿》这两本书。这两本与第一本的区别，是邀请了多位作家朋友的加入。他们很多次到小城来感受、来品味，一起书写和传播。《陪花再醉一会儿》写的是常山的美食，《陪花再睡一会儿》写的是常山的民宿。人们常说，要了解一个地方，最直接的方式是吃，要喜欢一个地方，最热烈的方式也是吃。事实上，要深入地了解一个地方，以至于喜欢一个地方，还应该要小住一段时间。

山野之间花朵芬芳，鸟儿欢唱，民宿打开门迎接远方的客人。这些年，常山涌现出很多独具特色的民宿，有的深藏山中，曲径通幽；有的设计独到，移步换景；有的文化底蕴深厚，主人气质卓然；有的则美酒美食飘香，令人念念不忘。总之，每一间民宿，都是美好生活方式的一个样本、一扇窗口。这本书集中呈现了二十几种这样的美好生活样本，多位作家对这些民宿进行深入的寻访体验，把他们所感受到的生态之美、生活之美、人情之美，书写和分享出来。循着他们的文字，我们如临其境，也可以按图索骥，亲自前往体验一番。

家乡常山的美，是值得慢慢品味的。这里的山野宁静，这里的溪流澄净，这里的鸟鸣清脆，这里的生活醉人。我愿意向国内外的朋友们发出邀请，欢迎大家常来小住。这里的每一座小村，都能展开一幅画卷；这里的每一条街巷，都藏着意味深长的风景。你要慢慢地行走，细细地感受。你在这里度过几个悠然的晨昏，闻一闻这里的花香，尝一尝这里的美食，摘几颗沉甸甸的胡柚，尝几道鲜辣辣的美食，再饮一壶这里的酒，拾几行遗落在山河之间的诗句，你就一定会喜欢这里。

至于那些宁静的夜晚，你大可以安心入睡。四季有四季的美，四季有四季的诗，而内心的安宁，足以治愈所有的失眠。是呀，很多事不必着急，鸟鸣花香之中，你大可以再睡一会儿。

周华诚

2022年9月30日

目　录

第三辑　把酒对月，梅花满天

第一辑　缓缓归矣，陌上花开

村上酒舍：每座村庄都有一个梦想

周华诚

春日里来桃花红，夏天山头瓜果熟，深秋十月
桂香飘荡，十一月十二月油茶成熟美酒飘香。

1

山里的太阳西沉要早一些。尽管是夏天，太阳一落，
整个小山村笼罩着一种蓝色调的氛围，宁静且清凉，小溪流
淌，鸡鸭归宿。抬头，天边还有一抹晚霞。四面青山里的鸟
叫则更加清晰了。

村上酒舍民宿就坐落于村中。泰安村，一个地处十分偏
远的小山村，有着五百多年的历史。此村由对坞村与安坑村
两个村合并而来，村名取自对坞村与安坑村两个自然村的古
名"泰川"和"安川"的第一个字。村中主要有对坞村王姓

居民和安坑村余姓、石姓居民。王姓来源于宋代祖籍太原的王伟进士。余姓、石姓皆迁徙自邻县淳安。

在泰安村村口处的古廊桥边，亮着一盏流传了数百年的"天灯"，点灯之事一代接一代流传，从未间断。一盏"天灯"，每天在古老村庄的夜晚亮起，又在天亮之后熄灭。"天灯"的传说有各种版本，有的说点"天灯"是为了驱猛兽；有的说是为了照明，利于村民夜间走路。想来都有道理，一盏在古村里点亮数百年的灯，足以成为人们心头牵挂的光芒。

十几年前我曾来过这个村子。那时我与摄影师老鲍、实习生小蒋一起，来到这里就仿佛一头扎进了桃花源。这个云生水起的地方，保留着太多古老的东西。除了那条宁静的溪涧、那盏古老的天灯，还有许多明清古民居散落在溪涧旁，鸡犬之声相闻；传统的黄泥夯土墙房子，与一树一树白梨花相映；流淌的溪水之上架着六十六座石桥和一座木质平梁古廊桥，桥头是苔痕上阶绿，溪边是古樟枝叶茂，那些古樟树的树龄动辄就是几百年、上千年。简直可以说，小村古风浩荡，保留了几百年来村民的生活图景。

这个村庄，在过去的悠长时光里更显宁静、古朴。那时交通闭塞，村民耕读并重，风气淳朴，村庄里的生活也像日升月落一般安宁妥帖。

天色一点点暗下来，村上酒舍民宿的主人黑孩把那盏古老的灯降下来，点亮后升到灯杆顶端。小小的火苗摇曳在空中。随后，村上酒舍民宿的灯光也在山村的夜晚亮了起来。黑孩回到村庄已经好多年了，他和妻子糖糖一起，越来越喜欢这山里宁静的、缓慢的生活节奏。

黑孩很早就出去读书了，父母还在村子里生活。糖糖第一次跟着黑孩回到这个村庄，见到山中那座古老的榨油坊，被镇住了，她没想到还能见到这么古朴的事物。因当地盛产茶油，榨油坊是当地十里八乡过去常见的。榨油坊每年秋冬开榨，山上采摘下来的山茶果，在烈日下晒干爆裂，由人工剥去厚壳，炒工把茶籽炒熟，再放进碾子，轰隆隆的碾子把茶籽碾碎，榨油工把它包成茶饼，再放入木榨——巨大的木龙油榨散发着强大的力量。几百斤的石块吊在梁上，榨油工用力将其荡起来，荡出颇具力量的优美弧线，它在最高点悠然下落，经验老到的榨油工又调动千钧之力，推动这个石块去撞击撞针，撞针是用硬木制成的楔子。每一次猛烈的撞击，榨油工都会从胸腔中迸发出悠长的、高亢的、清亮的、起伏的、穿云裂帛的、江南罕见的声音。随着这样一次次的撞击与一声声的号子，楔子嵌进茶饼，清亮的茶油就从木榨之中汩汩地流淌下来，淌成一条细细的、长长的线。黑孩的父亲余金龙就是一名老榨油工，从十八岁开始传承这门技艺，干了一辈子榨油的活计。

黑孩自小看着榨油坊、闻着茶油香长大。2015年，他回到村里做电商，帮村民卖茶油的时候，听说村里的榨油坊要被拆除，心想这可是村里的非物质文化遗产，千万不能拆了，如果要推广山茶油，这个古法榨油坊不但不能拆，还要全面整修古法榨油设备，恢复整套古法榨油技艺，传承"非遗"文化。于是，他就把榨油坊买了下来，进行了全面的修缮改造，恢复了往日榨油的场景。谁能想到后来又会发生那么多事情呢？

黑孩大名余家富，毕业于中国美术学院，懂得一座古老村庄的好处。其实在中国大地上，像泰安村这样的村庄原本有很多，但随着时代的变迁，数十年间已然消失无数。黑孩想要留住这样的村庄。

他的想法自然得到了妻子糖糖的支持。两个人原本做电商开网店，小日子过得挺滋润的，跟老房子较上劲后，就停不下来了。在村里举行婚礼的第二天，黑孩看到村里的一栋两百多年的老房子要被拆掉，他想，这么好的古建筑要是拆了太可惜，这座五百多年的古村，老房子才是灵魂。于是，他跟妻子糖糖商量，两人把刚收的几万元结婚彩礼钱拿了出来，又找同学、朋友借了一点，买下了这幢老房子，然后花了整整一年的时间把老房子改造成了一座民宿——为什么想要做民宿？还不是想让更多的人懂得村庄的好处。这里的山，这里的水，这里的蓝天，这里的风；三百年的古樟，四百年的天灯，五百年的村庄，一万年的大山，哪一样不是好东西？

2

村上酒舍民宿有七间客房、两个茶室和一间阳光餐厅。客房的名字是黑孩起的，分别以酿酒的原料命名：谷、麦、黍、稷、荞、莲、曲。

这是一幢黑瓦白墙的徽派建筑，有一口高大的天井，改造成高端民宿之后依然洋溢着古风。天井四面布置了茶室、书画室，室内桌上有古籍黄卷、笔墨纸砚。许多来到这里的客人，都会流连于这个天井，尤其是在下雨天，听着雨水淅

陪花再睡一会儿

沥而下，看着天井内的草木葱茏青翠，兰花在悄然吐露芬芳。这些植物很多都是村民从山上移植而来，有的原本不过是极其常见的野花、野草，但山野的事物一旦被重新注视，它所蕴含的美就被激发了出来。

黑孩和糖糖都有艺术天赋，他们为这座民宿注入了艺术的灵魂。

他们向老父亲学榨油，也学酿酒，恢复了老榨油坊手工榨油和古法酿酒工艺，推出了五粮烧、胡柚酒、青梅酒、莲子酒等十多个品种。他们设计了独特的包装，让每一瓶酒都有了文艺气息，吸引着城市里的消费者下单。他们又在村庄里拍照片、拍视频，运用新媒体的手段，把一座村庄里的美好生活方式传播出去，村上酒舍民宿与泰安村的名气越来越大，许多人不辞遥远从上海、江苏开车来到这里，就为了在这个村庄里住两三个夜晚，看一看夜晚的天灯，听一听溪涧里的蛙鸣，尝一尝黑孩自酿的烧酒，走的时候再带几包村民们在山上挖的春笋或新晒的番薯干。

村上酒舍民宿开张后，人气高涨。榨油、酿酒的技艺，也让游客们兴致盎然。一年四季的山村生活，更让游客们流连。在不少城市人看来，这样的生活曾是他们记忆中非常熟悉的场景，却已远去多年，如果有机会重温和感受几天这样的生活，拍拍照，分享出去，内心就得到了慰藉和满足。下厨，有农村原汁原味的土灶；吃的食物，是山上地里的新鲜货；吹的风，是清新山野的风；淋的雨，是自然的雨水。春日里来桃花红，夏天山头瓜果熟，深秋十月桂香飘荡，十一月十二月油茶成熟美酒飘香。"李子柒"们那种世外桃源一般的生活，大家都想去过一过。

几百年间，牛角挂书、耕读传家，是泰安村的传统；自强不息、艰苦奋斗，是流淌在村民血液里的基因。无数人努力读书、努力奋斗，就是为了离开村庄，离开这偏僻之地，去过城市里的生活。谁能想到，还有黑娃、糖糖这样的小夫妻，在上过大学、过上城市的美好生活之后，还重新回到村庄里来生活呢？

乡村的珍贵之处，也要被重新打量了。是不是乡村有很多价值还隐藏在深处，未被人们发掘，未被外界看到？

3

从村上酒舍民宿出发，黑孩内心的收获有很多，他也开始一步一步地、更加坚定地走上了城乡联动、乡村建

设的道路。

村上酒舍民宿既是黑孩自己人生的一次探索，又是乡村振兴路径的一次尝试。通过众筹的方式，他遇到了很多志同道合的朋友，很多人也由此跟他结下了友谊；民宿也像是一个平台，联结了很多有趣的人和事，也为黑孩打开了一片新的天地。许多人慕名从大城市来到泰安村，来到村上酒舍民宿，这也让村上酒舍民宿和泰安村的影响力得到扩散。

2018年，村上酒舍民宿被评为浙江省民宿最高等级"白金宿"，并获得了"浙江省十大文化主题民宿""第二批中国乡村遗产酒店示范项目"等荣誉。黑孩也成了常山县民宿行业协会会长。看到泰安村这样一个原本默默无闻的村庄，因为一家民宿而"火"起来，成了令人向往的"诗与远方"，很多村庄也坐不住了。这些村庄向黑孩发出了邀约，希望他为更多村庄的发展出一把力。黑孩来到东案乡梅树底村、辉埠镇路里坑村，在那里建起了"村上酒舍·望梅山房"和"村上酒舍·三衢诗集"。

乡村的发展，核心是要有人才回归。这些年，常山县也有不少文化人、企业家、手艺人相继成为"返乡青年"，他们共建乡村，成为城市与乡村的桥梁。黑孩跟这些人一起成为"乡建"的新力量。郑芬兰，是浙江省土布纺织技艺非遗项目代表性传承人，多年来收藏了几万把"梭"。黑孩和她相识后一起探讨方案，在杭州市余杭区百丈镇建设了"传梭天地城乡联动综合体"，该项目综合了传梭博物馆与乡野厨房、"织宿"及其他产业形态，聚合研学、手作、沙龙、智造、销售等功能，成为一个"手工村落共同体"。

在"传梭天地城乡联动综合体"，乡村产业的创新形态得以展示。如"织宿"有五个主题客房，分别以自然纤维命名：棉、麻、桑、葛、竹。每个房间分别用自然纤维材料编织物来装饰。同时，联动手工的村落，将各个村落的手工艺品植入客房四件套、靠枕、拖鞋、地毯、睡衣等，希望通过客房来联动各个乡村。而黑孩也因为这样的城乡联动综合体项目，由一位高端民宿主人，成长为一位综合性的乡村产业活化能手。

而这些故事，都是由村庄里的一幢老榨油坊引发的。黑孩把一架古老的榨油木龙展示在"传梭天地城乡联动综合体"中，向游客默默地讲述传统乡村的一种精神力量。

夜渐渐深了。村上酒舍民宿的夜晚是宁静的，也是悠远的，携带着乡村的亘古之光。当又一个清晨来临，第一缕阳光洒向这个古老的村庄，一切又都鲜活起来——鸡鸣鸟叫，牛哞人欢，客人们也起床了，在村道上与老农们打招呼说话，一幕幕充满活力的场景在村庄中上演。古廊桥下溪水流淌，这样的日子如此普通，又如此不凡。

申山乡宿：隐匿在静逸的时光里

许　彤

　　　　　　我把寂静听成了一种声音，在无边的静寂里早
早地枕山入梦。

　　群山的环抱／时光的深处／一山一乡宿／一院一世界／一方
归隐的家园；

　　如山里老衲，让人淡定／似闺中密友，令人亲近／像隐于
尘寰的桃源，超然物外／山野，乡宿，慢时光；

　　工业遗珠，秘境花园／仰望浩瀚星空的壮阔无垠／触摸岁
月留下的包浆印痕／感受山野乡宿的古朴纯粹……

　　隐匿在国际"慢城"常山县新昌乡群山怀抱的申山乡
宿，我去过多次，一见钟情，再见思恋。端午节后的一天，

思念如汹涌潮水，我再次奔向她。

车子飞驰在中国最美高速公路之一的黄衢南高速上，千山凝碧，万物勃发，诗画山水长卷如锦绣大片，连绵不息地在眼前掠过。漫长阴郁的雨季刚过，风和日丽，云朵们像是约好似的从四面八方流荡过来，紧随着我们的车子一路向前。

在宋韵古镇芳村镇下高速，车子跃上颇具诗意的油茶景观大道，途经浙江常山国家油茶公园，三转两转，一条青绿连绵的山谷赫然出现在眼前，一个颇有韵致的小村映入眼帘，这就是达塘村，清新静谧似一幅田园风光画。从落后村到明星村，小村用五年时间经历美丽蝶变。

沿着蜿蜒的山道行驶三五分钟，车子爬上一个山坡，抵达申山乡宿。

在我眼里，刚才一路所有的风光，都是对申山乡宿的恣意渲染和尽情铺垫。

1

申山乡宿在达塘村猴子山1号，"猴子山"的文雅称呼叫"申山"。

乡宿是个绿意盎然的院落，依山而建，几栋楼房俱是纯白色外墙，用黑线条点缀，简约又神秘。此时，夕阳西下，晚霞铺满天空，如梦似幻，乡宿迎来了一天中的最美时分。山林随风摇曳荡漾，远方清新山景与院内怡人景色相衬相融，在乡宿中可三百六十度无盲区收看奢华"大片"。

几棵四五十年树龄的梧桐枝繁叶茂，高大辽阔的树冠如碧绿的巨伞，为静谧的院落遮风挡雨送阴凉。金黄色的凌霄花攀上圆形石门，格外俊俏、昂扬。合欢树、翠竹、草坪，葱茏绿意，养眼怡人。不知名的山花野草随意生长，透着灵气，充满野趣。水池里的红鲤鱼，正在悠游。

占地约六十亩的院子，记载了一段非同寻常的历史。我深谙她的前世今生。其前世，为20世纪70年代生产"猴山牌"水泥的乡镇企业，多数达塘村村民在此上过班，之后被废弃多年。其今生，经五年涅槃，变成一座工业风高端精品民宿，用料考究，配置顶级，格调不俗。两座别院、餐厅、娱乐区，所有的建筑都有着鲜明的时代特征，如同世外秘境。

我几次入住的申山乡宿1号别院，原本三层砖混结构的行政楼被刷上了明晃晃的白色，超凡脱俗。设计师在保留原有建筑、树木的基础上，拓展了建筑的空间和功能。二楼、三楼的二十个旧房，被整合梳理为户型不一的八个客房，以

慢生活、慢度假的意蕴，分别取名为离尘、抱瓮、听雨、幽玄、坐忘、安稳、采桑、汲泉。间间隐秘，间间相连，神秘中透着无限禅意。所有客房的布置颇具匠心，床品、卫浴高端时尚，有层次感的吊顶，复古的灯饰，水泥吧台的设计融入了现代轻工业风。还有一间亲子房，辟有茶室、休息区，大人喝茶聊天，孩子嬉戏休憩。

倚在二楼的公共阳台，习习山风拂面，抬眼望去，但见绿树成荫或星空深邃。

去往客房的楼梯上，不经意间的抬头，都会收获绝妙设计的小惊喜。透过楼梯间的人字形玻璃窗格，日可见树影斑驳，夜可望星河浩瀚。

路面、墙体、台阶、露天桌凳，水磨石自然成为乡宿主角，让人怀旧。地板、床架、毛巾架等都用老船木手工打造，散发出淡淡的香气，有着岁月的包浆，更具自然的灵气。

一楼的下沉式庭院，全部用于公共区间，兼具接待、娱乐、用餐等功能，以景观连廊、水池和微缩景观，营造自然原味的乡宿氛围。大堂是空阔的开放式布局，现代时尚与古风家具完美融合，老旧的自行车与前卫的金属制品映衬，编织工艺与金属制品相融，处处透露着民宿主人的用心。从农家收来的各式器物，大多由达塘村村民提供，城里来的年轻人从未见识过，每一件旧物都有故事，让人瞬间穿越时空。在这富有年代感的细节中，游客可品味当下生活的不凡意趣。

申山乡宿2号院也引人入胜。走上老旧的水泥石阶，老厂区的故事骤然浮现眼前。这栋"石宿"中由职工宿舍改建成的十个房间各具特色，外部保持原有的状态，墙面古朴如初，与楼前高大的梧桐相映成趣；简陋的内里大变样，具有北方特色的土炕，雕工精致的中式大床，适合喜欢怀旧风的游客。

静静地徜徉于乡宿，心变得清宁安然。精致又粗犷，简约又繁复，怀旧又创新，传统又时尚，隐约又鲜明，这一切混搭在一起，自然又美妙。在限制中寻求突破，在新旧间找到平衡，赋予旧建筑更为长远的生命周期，完美地实现了民宿主人的初衷。

一边流连，一边冥想，民宿主人"吃饭了"的微信铃声，在暮色里格外悦耳。乡村大厨用最鲜活的食材做就一桌山野风味，一壶甘醇的高粱烧，人间至味，夫复何求？

暗夜星光，与好友知己敞开心扉，聊到微醺，在酒香和夜色中沉沦。

今夜，我入住幽玄居。房内的每处细节精心打磨，每个角落用心布置，门是做旧的"谷仓门"移门，兼具乡村感、时尚风。床品的风格，吧台的摆放，灯饰的造型，每个小物件都来自民宿主人的精挑细选。

乡宿像山中老衲静静地睡去。整个世界安静下来，心也立刻放松下来。耳边很自然地想起《神秘园》的乐曲，隐约，缥缈，辽远。山林树林，远远近近，虫鸣、蝉鸣、蛙鸣、鸟鸣传来，无数小精灵的声音传来，极像独唱、合唱、交响乐。昆虫鸣禽们在高高低低地鸣叫、嘶喊、歌唱。我把寂静听成了一种声音，在无边的静寂里早早地枕山入梦。安详，神秘，深远，微妙，心绪在夜风中游离出走。

2

印象中，民宿主人大多是比较"小资"的女文青。申山乡宿的主人不同，是一位中年大叔，却丝毫不比她们逊色。我在报告文学《常山时光》中写过的"早上好"书记陈重良，治村有方，他让工业遗址重生的故事让人赞叹。

陈重良圆脸大眼，长相憨厚，身材敦实，虽然经商多年，精明，却不带一丝狡黠，自认为初中毕业，没文化，却能说会道，言语间妙趣横生。只要在乡宿，他总乐意与客人聊天，如数家珍般与人分享乡间生活，聊得最多的当然是申山乡宿。

2017年初，在外经商多年的陈重良被邀请回村担任干部。次年，在这个空壳村发展资金断档的情况下，他不顾亲友反对，个人出资两百万元买下老水泥厂，注册浙江常山达塘旅游景区开发有限公司，建设总投资一亿多元的"申山乡宿"。"要做就做精品，打造别人无法复制的亮点"，他请来李财赋老师的古木子月空间设计事务所（T10+设计联盟），以共同的理念和情怀，把老水泥厂改建成天马行空、充满现代工业简约气息的美妙乡宿。1号别院还荣获2020 MUSE DESIGN AWARDS（缪斯设计奖）年度金奖，成为华东地区首家最高端工业风民宿。

申山乡宿的每个角落都诱人不止。一栋栋旧厂房焕发出生机和活力，深受年轻人追捧。西餐厅、民宿客房，透露出浓厚的工业味。不远处的多功能娱乐活动区，配套打造了茶室、会议室、台球室等娱乐设施。周边天然的生态资源也没浪费，配套设计了花园小景、儿童探索营、婚纱摄影基地等休闲场所。

一种时尚生活，在旧厂房的新颖架构中不动声色地铺展开来，旧厂房就此成为一座秘境花园。

3

那天午饭后，下着清冷的雨，从没午睡习惯的我破天荒地安睡了一个小时。嗅着清甜清新的空气，我陷入沉沉梦乡，最终被不知名的山鸟轻轻唤醒。我对空气质量极度敏感，便激动得像哥伦布发现新大陆一样，再三建议老陈请专家来检测。这里的负氧离子浓度，一定高于"清新空气"的标准。说不定，这满满"空气维生素"的天然大氧吧，是乡宿未来的卖点和爆款呢！忍不住联想，如若多住几日，兴许能治好我的失眠顽疾。

几次来，我都看到申山乡宿员工晓晓和同伴在一些破坛破罐里，信手播种着野花和野果，映山红、野草莓、金银花、野菊花、五味子，自然山野之美随处可见。晓晓说，附近的山里还有野生桃子、枇杷、杨梅。

我喜欢与晓晓聊天，话题都离不开乡宿。

从杭州出发，高铁仅需一个半小时即可到达乡宿，自驾

也不过三个半小时，完全能满足大家对假期的期待。以前，上海，浙江杭州、宁波等地来客很多，旺季能从三月持续到十二月，尤其是五一、十一期间，订单都是爆满。后来受新冠肺炎疫情影响，客人基本是本地的。陈总抓住有利时机，通过"云端"销售达塘村的美景和美宿，周末常常客满。

水塘、田野、丘陵、山地，这里四季都有野菜，春夏季有香椿、地衣、竹笋、荠菜、野水芹、蕨菜、栀子花、折耳根、马兰头、野芝麻菜、苦菜、观音菜、马齿苋、紫苏，野菜多得数不清。

前年，约八百平方米的老厂仓库改造成多功能中式大餐厅，能放四十张餐桌。厨师由村民担任，未经培训，但烧菜好吃出了名。餐厅没有固定的菜谱，遍地都是新鲜食材，醇香的山茶油，农家鲜辣的味道，再喝一盅荞麦烧或是高粱烧，足够美味。素菜是农家种的，土鸡、土鸭是农家养的，那些石斑鱼、石蛙、泥鳅、黄鳝啊，都是野生的。四季都有鲜花入菜，南瓜花、金针花、栀子花，每一样都清新爽口。村里有大片茭白田，鲜嫩的茭白可以生吃，还可以做成茭白肉片、茭白丝、茭白丁。我们的"早上好"茭白辣椒酱也是乡宿一绝，纯手工，无添加，吃了还想吃。

晓晓告诉我,乡宿含保安只有七名员工,全是达塘村村民。早上上山做工,晚上下山回家。虽非训练有素,但热诚有礼且温暖,给人宾至如归的感觉。人均年收入三四万元,不出村子就可挣钱看风景。

那天,我无意间看晓晓的微信朋友圈,一天一天,这些文字和视频也太有趣了:

茭白大丰收,只听得到声音,看不到人。

没事上山挖点笋,晚上来个咸肉炖笋!

本来想给花盆里的植物除除草,松松土,现在还多了一盘菜,猜猜是什么菜?(折耳根)

太阳这么好,割点茭白,下午做茭白酱喽!

又到了一年一度蒸粉丝的季节了!

…………

看着,看着,我突然心生羡慕:立刻、马上就转行,做一名乡宿服务员,多有意思啊!

4

如果时间充裕,你还可以把游程辐射到周边。

离申山乡宿不远的桃阴山,过去是一片荒山,曾有野

026　　　　　　　　陪花再睡一会儿

生桃林。后来陈重良带领村民建成了石林桃园，有两百多亩地，五千多株桃树。一到春天，桃花灼灼，风华开尽三百里，颇有情致的常山人总会约上三五好友兴游桃林。我喜欢在无人时去往那里，喜欢她于静逸中守着的那份安详淡定。

再逛到达塘村。村里种了约两百亩茭白，远看像青纱帐，近看像种在水里的甘蔗林。最近正值茭白收割期，翠绿的茭白田延绵成片，收割的茭白堆积成山。尝一口新鲜采摘的茭白，禁不住会赞叹："真脆！真甜！"

附近还种了约五十亩高粱，夏天郁郁葱葱，看似一道风景；秋来红红艳艳，丰收以后酿酒。乡宿有两个大酒窖，藏着自酿的荞麦烧、高粱烧。村民的日子越来越红火，我这个旅客都为达塘村村民高兴。

在乡村，有一种力量叫乡贤回归。乡贤们身上散发出来的文化道德力量，教化乡民，反哺桑梓，泽被乡里，温暖故土。至今我还记得陈重良的演讲：我们村里有一种精神叫"早上好"，我们干部有一种颜色叫"申山黑"，我们大家有一种情怀叫"达塘梦"！

有一句话无比深情：世界上最不需要理由的就是回家，最需要理由的也是归来。有多少像陈重良这样的人，当初是因为家乡太穷才逃离，如今却为了家乡更美好而回归？达塘村，申山乡宿，盛满了陈重良的执着、情怀和梦想。

5

申山乡宿的清晨，叫醒我的不是手机闹铃，也不是村里的公鸡，而是天籁林涛、泉流、鸟鸣。天蒙蒙亮，睡意蒙眬中，鸟儿们开始叽叽喳喳地叫个不停，鸟啼，鸟啭，清脆，婉转，短促，悠长，密集，空灵。它们在聊天、交流，歌唱、求偶，也是在呼叫同伴："早起的鸟儿有虫吃！"

在"早上好"书记办的乡宿，我依然可以睡到自然醒。

拉开窗帘，蓝天白云倾泻而下，山岚缥缈而来；打开阳台门，青山为背景，翠竹作旗帜，由远山、近岭、大树、竹林、草坪组合的绿色画屏扑面而来，所有的景致都异常养眼。我久看电子屏幕的双眼得以放松，眼神顿时清亮许多。

早饭，乡村女厨师为我做了一碗手工挂面，撒着红椒青葱，卧着荷包蛋，简简单单，绵长滋味如清晨一样美妙。佐以一瓶胡柚香柚双柚汁，清清新新，味道无限好。

直到此时，我这个起床困难户才清醒过来：这两日，关掉手机，清空内存，隐匿山水之间的诗意生活，抵得上尘世一月。人世间的喧嚣烦恼暂时忘却，心在寂静中觅得片刻清欢。

只是此地再静逸，终归也是要离开的。

不舍挥别的一瞬，我却又想着何时再来了。再到山里喝茶，复坐云上写诗。来申山乡宿，享一院清趣。

好想像诗人徐志摩那样："我想攀附月色，化一阵清风，吹醒群松春醉，去山中浮动。"

老油坊：山茶花开在记忆里

紫 含

> 乡村的一切都是有记忆的。不管它有没有出现在你的生活里，乡村生活，都像一曲牧歌，持续地回荡在城市的晚霞里。

1

没想到，一次轻快的旅程，遇到的，却是一段百年故事，一个差点失传的手艺。

常山县出产山茶油，常山县有很多很多山茶林，这我知道。但我不知道，常山县的山茶树种植历史已有两千多年，我不知道，一滴山茶油的榨取，将会在我眼前展开。繁复壮阔却近乎朴素的一样样工具、精益求精的一位位匠人，带我领略循环往复、精确而又环环相扣的一道道工序。

从芳村镇往前几十千米，穿过栽种几千公顷油茶树的常山国家油茶公园，就到达了之前联系好的老油坊民宿所在的新昌乡新昌村。这是一个依河而建的小山村，是山茶油制作重点村庄，令人惊叹的"非遗"传承项目古法榨油，便隐藏在河边一座白墙黑瓦的徽派建筑里。

民宿主人王芳在门口迎接我们。

壬寅年五月，端午过后，正是榨油季节，老油坊里一片忙碌，这是今年上半年最后一次榨油，下一次，要等到十一月了。

空气里充满了热乎乎的榨油香气。山谷间，雨后的云雾无声而遥远地飞奔过来。

不由得深吸一口气，浸润着植物香味的空气，总是很容易使人情绪饱满。

四个人一头扎进了作坊。同行的有小时候见过榨油的，也有从来没见过的，一进去，无一不兴奋起来。热气腾腾的劳作场所，本身就带着欢快和动情的节奏。

王芳的父母在作坊里做第一道工序：碾粉。父亲戴着口罩，围着圆形的碾槽走动，添加茶籽粉，用竹签拨散粉末，母亲在一边帮忙打扫，将碾好的粉末装进箩筐。

碾巨大，外径约四百三十厘米，由多段弧形松木连接而成。中间槽沟底镶嵌碾槽铁，由厚铁板制成，转动的铁制碾轮直径约四十厘米，碾中间有轴，形成三角形支撑，木架下有木制大齿轮，用水力、牛力或者电力带动大齿轮运作。

王芳说，制碾的木头，她找了两年，找木头的足迹遍布江西、福建，去年三月，才从开化的油坊得知讯息，采购到了进口沙比利木料，四月开始打造，六月完工，七月开工碾粉。当时参与造碾的匠种就有木匠、铁匠、碓匠和箍匠。

整套古法榨油技艺里的匠种还包括篾匠、榨匠、石匠，碓匠和榨匠是木匠里的精细分工。

"一滴山茶油，百匠请进门。"百匠当然是夸张的，百是盈满的，完美的，百匠，来自历经生活苦难的人们对匠人技艺的尊重和崇拜！

王芳的父母和榨油匠人在作坊里忙碌，每个人都守着自己的技艺，父亲将碾好的粉倒进包饼师傅面前的箩筐，包饼师傅身后的灶台上，干燥的油茶籽壳燃起暗黑色的火，师傅弯腰，用小畚斗装满粉，立于灶边，甑桶里冒出了热气，师傅揭开盖子，倒出热气腾腾的茶粉，地上，已经铺好从榨油场地拿过来的油布，包饼师傅起身，将空桶放置铁锅内，端起边上的小畚斗，倒入茶粉，一边盖上木盖，一边拿火钳，伸到灶台口拨拉茶籽壳，再转身，将油布抚平，双脚交替踩踏油饼边缘，随着油布和铁圈慢慢贴紧，茶饼的整形工序就完成了。

整套动作，都在不足一平方米的场地内完成，起身，倒粉，烧火，整形，施压，放置到油饼车，转身，蒸粉，烧火——就像一个圆，一段动作连接下一段动作，开始连着开始，结尾连接结尾。匠人对每个动作都娴熟于心，完成的准确无误。王芳说，别看这几个动作简单，操作起来，每一步都掐着火候和时间，粉蒸得太熟，出油太硬，时间不够就更致命了，直接影响油的口感。

油饼包好，送至木榨场地，油坊里有两个木榨，一龙一凤，龙榨是公的，出油多，凤榨出油少，由母树制成。木榨呈长方体，外方内圆，两块合起为圆形，内格放油饼。油饼一个挨挤着一个，最末端是榨铁，宽窄不一。虽然叫榨铁，却是硬木所制，比重如铁，头部包裹铁片，便被称为榨铁。

油饼和榨铁紧紧贴在一起，没有缝隙，但这还不够，还需要巨大的撞击使得油饼们相互挤压。木榨上方的将军柱上，石磴被提起，师傅握住吊着石磴的绳子，脚步后退，将石礅往身后拉出一段距离，突然地，他身子往前一动，但似乎并没有移动多少，巨大的、沉重的石礅随着绳子的惯性，重重地击打在榨铁上。

咚——

重重的一声。沉重的一声。使人静默的一声。

石头撞击铁木，木头将力量传导到油饼上，重力的不断挤压使得油饼开始变化，当榨油师傅操纵着石礅开始喊起号子，石礅撞击的节奏越来越急促、有力、悠长，木榨的出口处，流出了金色的油。

人和工具紧密融合，人对作物的脾性了然于心，工具仿佛是人身体的一部分，作物改变的过程俨然是一场艺术创作，这，是古法技艺的核心。

各司其职，环环相接，从茶树开花、结籽、采摘、挑选、晾晒完成送入作坊后，再没有一样是废品，壳可以燃烧，出油的饼是上好的农田肥料，而每一滴茶油，都将进入其他的食物中，在大米、蔬菜、肉类的翻炒煎炸里，完成它满足为人类生活需求的使命。

农业生产，都是一个轮回，不需要垃圾分类，因为没有垃圾。生命养育生命，生命滋养生命。

雨后的白光从开着的天窗里透进来，忙碌的工人们站在自己劳作的工具旁，像曝光过度的底片里的人那样模糊而久远。

我遇到的，是艺术，是工艺之精美，是匠人之神气。

2

一百多年了，老油坊，这四方乡里的小小作坊，未曾丢失古老的榨油方法。初夏，山茶籽成熟，采摘、分拣、晾晒，一道道工序完成，朴素的榨油坊热闹起来，人们坐船来，骑车来，用独轮车推着徒步来（在我心里，这是最有仪式感的），开车来，将自己的茶籽带来，待在作坊里，看着自家茶籽在碾轮转动下被碾碎，看着油饼在巨石撞击下流出金色透明的茶油，黄昏时，才带着满身的香味满载而归。

"我家从我太爷爷手里就开始榨油了，到我父亲这一代，中断了好些年，2016年，父亲催促了好几次才把我从义乌叫回来，这个老油坊，其实差点就经营不下去了。"

坐在自己设计并建造的兼具古法榨油博物馆和山居民宿的建筑的二楼房间里，榨油技法传承人的大女儿王芳回忆起这几年回老家的艰难，不无自嘲。她是纠结的。女儿，回娘

家，经营父亲的榨油作坊，传统乡村情结里默认子承父业的乡里人会怎么看？放弃在义乌打拼多年的国际贸易事业，值得吗？乡村，有潜力吗？

父亲不断地催促她。年纪大了，农家乐不景气，榨油作坊不景气，新的榨油机器快速、高效和便捷不费力气地淘汰了笨重、耗时长的木榨，越来越多的当地人选择机榨，不甘心的父亲，无奈中做起了预制板的生意。

"乡村是有记忆的，无论走得多远，回家的时候，都想吃一碗奶奶用刚榨出来的油茶拌的米饭，还有小时候在作坊里吃年糕，吃埋在油茶籽壳火堆里的烤番薯……"

犹豫也好，担心也罢，回归乡村的愿望，也许不提则罢，提了，便像一个影子，时不时在眼前晃动。

王芳回到了最熟悉的地方。最熟悉的地方也以温柔的方式包容了她，回馈了她。回乡仅一年，2017年，她就被评为常山县林业产业优秀带头人，她的老油坊，留住了榨油匠人和榨油技术；她的古法榨油博物馆，留住了四百多件工具，小到一根茶末铲，大到使用了上百年现已退役的石碾；她的民宿，在父亲农家乐的基础上引入现代家居理念，种植着红美人和各类蔬菜的八十亩家庭农场留住了苏浙沪的客人；她的古法榨油，每到山茶花开放，就有人惦记了。

也许所有的开始，都源于惦记。如果不回乡打拼，传承了五代的榨油技术是不是就在自己这一代消失了？如果不恢复古法榨油，自己的儿女是不是就不会拥有一朵花变成一滴油，一滴油飘香一碗饭的童年？

渐渐消失的，不仅是乡村加工作物的古老技术，还有人。两千多人的新昌村，年轻人并不多。作坊里的师傅，除了王芳的父母，包饼师傅和榨油师傅都已经超过六十五岁。

不光古法榨油如此，造碾和造龙凤木榨，这样的技艺，也处在即将失传的境地，王芳的古法榨油博物馆里已经有三台碾了，但父亲执意再造一台，造碾的匠人也欣喜而来，六十多岁的师傅告诉王芳，如果没有人学，这门手艺也不知道传给谁，这台碾，或许就是他造的最后一台碾了。

突然间，我明白了王芳的心意，也明白了王芳改进农家乐，扩大民宿，花重金请杭州来的设计师设计房间时，王芳的父亲对她撂下的那句："你做你的，我不管。"

乡村，是有温度的。

齿轮带动碾轮转动，一圈紧接着一圈，木制齿轮的咯吱声和铁质碾轮滚动的轰隆声交杂在一起，石碾撞击木榨，咚的一声，又咚一声。工具的声音证明了匠人正在他的作坊里。人们在此地相见，彼此问候的，是一年又一年的收成。

碾粉、过筛、烘炒、蒸粉、包饼、叠龙、撞击、榨油、过滤，这样的工艺，在老油坊，在乡村，重复了一百多年。

朋友说，榨油时，师傅用石磴撞击时的姿态，和芭蕾舞者没有区别，只是舞台不同，师傅身体转动时，脚步踩着节奏，全身的力量在最后的吆喝声中释放。想起书法老师说，肌肉是有记忆的。艺术源于生活，师傅脸上的神情让我们感受到他很享受这样的劳作。

这样的劳作是充满价值的，自然界的作物用神奇的质变述说着匠人们的成就，也带来日常生活的饱满。作坊师傅们的一天在东家款待的晚饭中结束，我们前去敬酒时师傅们都有些腼腆，和劳作时的神情完全不一样，油坊那里的舞台，才是他们驾轻就熟的吧？

虽说是东家，然而这样的东家，既是劳作时的工友，又是平常的兄弟，还是喝酒时的伙伴。

如果说传统技法是技术的传承，那么，人与人之间通过互帮互助的劳作聚集在一起，延续生命，丰富生活，这样的传承，才是农耕文明远古深厚的本质。

3

站在老油坊山居民宿二楼房间的窗口，我可以望见乡间公路在村庄之间连接、出没，间或有公交车、小轿车、农用车和电瓶车驰过，左边，常山第二高峰八面山像一把扇子矗立，白菊花尖山上的雷达站也清晰可见。

在有着"中国油茶之乡"美誉的常山，油茶林从古到今年年都出产上好的山茶油，但在这里住下，初夏时节，沿着绿油油的一人多高的山茶树林漫步而行，去看老油坊里现榨的山茶油，去农户家里吃一碗浇了用山茶油熬制的红色辣椒油、撒上几粒葱花的常山索面（也叫常山贡面，俗称长寿面，为古时朝贡之品），满眼深陷于村庄四周山上的绿色茶林，茶树一层层往山坡上延伸，而空气里飘荡着一阵阵温暖的茶油香气，才是真正的享受。

河岸上的柳树，姿态轻盈，雨后的河水有些浑浊，但不妨碍水鸭们一次次钻进水里觅食，急促的动作将河水荡开来，水波皱起来又缓缓平静。

就在河岸边，民宿旁，古老的作坊里，装着一百多年来乡村人们的劳作和收获，有了这样的乡村小作坊，祖祖辈辈

的故事，才不会消失吧。

傍晚，我们去河边散步，沿着马路一直往前走。夏天，漫长的黄昏，河边草地上修了两个灯光球场，有男孩在里面打球。农民们建起了一户一户的小洋房，挨得很近，院子里栽着枣树和栀子，河的对岸，田地里种植着一排排的丝瓜，足有一百亩之多，丝瓜已经爬藤了。王芳说，这是2022年一个叫"丝瓜络"的项目，涵盖了好几个乡村几千亩丝瓜，她也管理着其中的一百多亩。

不种丝瓜的时候种什么呢？我问。

种红美人，种油菜，种蔬菜，都种过，总之是不会让田地荒芜在那里的。王芳答。

一瞬间，我理解了王芳的父亲催促她回来的急迫心情了：土地的荒芜和技艺的失传，是农人和手艺人心里最惭愧的事情吧！

我们沿着起伏的河岸越走越远，间或有汽车、电瓶车驶过，但整个环境是安静的。四周全是山，八面山轮廓清晰，此时像一把蓝色的扇子，温柔地陪伴着我们。雨已经停了，月亮出来了，月光下，有细小的蚊虫低低地掠过河面，到处是青蛙的叫声，那有力而又有规律的声音让山村显得更加宁静。

我已经很久没有这样沿着一条平淡无奇的河漫无目的地行走了。

我是不是和前来老油坊山居民宿居住的客人一样，可以待在作坊里整整一天，痴迷地看他们将黄色的细粉倒进碾具，看着细粉一遍一遍地被碾轮碾过，看着油茶籽棕色的外壳燃起的火焰，看着油饼们被撞击着，挤压着，一点点地流出金色的茶油来？

我是不是和一同前来的朋友一样，来到这里，只想吃一碗小时候吃过的浇着山茶辣椒油的索面？我笑他是寻找乡愁来的，我何尝不是呢？

乡村的一切都是有记忆的。不管它有没有出现在你的生活里，乡村生活，就像一曲牧歌，持续地回荡在城市的晚霞里。我们的祖辈，人类的祖先，都是农民。

临走时，朋友建议，这样的地方，可以购置一些脚踏车，客人在这里住下，骑着店里的脚踏车，沿着河，骑到哪里算哪里，反正到处是小村庄的美丽风景，空气是那么清新。

王芳说，是呀，这个项目也在谈呢，在村里设立一些共享单车，让来这里的客人，在乡村自由骑行。

老油坊：山茶花开在记忆里

这，才是真正的乡愁吧！在乡村自由自在地奔跑，想去哪里就去哪里，像河里的鸭子一样，像山谷间的清风一样，像雨中散发清香的栀子花一样，像一朵山茶花带来的乡村记忆一样，像永远不会散场的童年一样。

云湖仙境：所有的都在自然生长

紫 含

　　一个地方的活跃在于生命的流动和土地的固守，它们相互滋养，乡村，是人和自然之间最原初的交流场所，它所拥有的力量，是城市不具备的。

1

　　七月的最后一天，在浙江省衢州市常山县天安村的云湖仙境，我和朋友们待在一栋房子的厅堂里，听主人刘峰讲述他的民宿。从长条桌上侧过头去，越过半掩的老木头大门和长六边形门框，就能看到门外几棵葱郁的鸡爪梨树。中伏刚过，鸡爪梨树结着青色的果子，阳光透过树叶缝隙，斑斑驳驳地洒在院子里的砂石地上，风来，光影随之晃动，继而静寂。

同伴采来一片鸡爪梨树叶，树叶呈圆形，凸尖，两边微微上卷，放在桌上，便是天然杯垫，淡棕红色的茶汤透过玻璃杯，浸染在大片的墨绿里，提起，一口喝下，心里一暖，毛孔张开，汗水顺势而出，暑气解了大半。

其实刚一推门，老木头门吱吱呀呀几声，脚一踏上打磨过的水泥地面，我们的情绪就被扑面而来的熟悉得不能再熟悉的气息湮没了。

这是衢州乡下最常见的三开间夯土房，一个厅堂（衢州人叫堂前），左右两个厢房，民宿改造将之完全保留，原形不变，空间扩大，房顶采用明瓦，挑高的三角形构架使用原先的双梁，屋顶覆盖结实的老木头，延伸而下，加厚的后墙上开了一个中国古典园林建筑里的圆形拱门，连接后厢房，厢房墙上设有正方形窗口。最后一间是披屋结构的餐厅和厨房，大玻璃窗外几畦菜地里，黄秋葵挂在枝头，已经可以采摘，淡黄色的南瓜花花瓣朝内卷起，花茎处，青色的南瓜已然有婴儿拳头那么大了。

这是江南典型的冬暖夏凉式宜居建筑，六边形大门、圆形拱门、正方形窗框构成层层递进的视觉空间美感，几何图形的透视效果，三角形挑高双梁，使得整个空间上下通透，呼吸自然，不仅通风良好，还自然而然地保护了两边厢房卧室的隐秘性，提高了居住的舒适度。这是一个将自然美学观念融入传统建筑内部与生活的空间。这样的房子，是会呼吸的。

同伴说，这样的双梁，是小时候房子的一点记忆了，以前农村造房子，上梁是要选日子摆酒的，很隆重。

我没有这样的记忆，但不妨碍我想起爷爷奶奶的房子，想起小时候坐很长时间的火车，走很久很远的山路，到达父亲的老家时，几乎每家都有人从那个六边形门框里走出来，热情地喊着父亲的名字，有孩子坐在门框下方的台阶上，默默地看着，没几天，我也和他们一样，坐在台阶上，玩着一块破瓦片，捣鼓青草树叶或者昆虫，有时连饭也在台阶上解决。

刘峰说，保留，是云湖仙境改造的基调。不光房型、结构不做大的变动，原有的池塘、小路、油茶林、树木，都不做大的变动，但池塘肯定不是原来的池塘了，它变得更美，一个小时候的池塘，是乡村记忆里美好的元素，给人带来无限回忆，路也不是原来的路了，它平整、方便，更适合出入。

池塘，原来的小路，外观几乎没有改变的房屋，熟悉的树木，认识的野花，当乡村的旧日元素以新的具有美感的姿态出现在我们面前，重新认识乡村，审视乡村、土地、自然与我们之间的关系，就成了一件自然而然的事。

"我想保留家的感觉。"

"我想让一脚踏进这里的人，能够找到自己。"

2

乡村，承载了"家"最原初的使命，一张柔软的床，只要你躺下去，就会陷进去。

承载——这两个字的意义和分量，也许也是民宿主人刘峰事到如今的使命和责任了。这个影视导演专业毕业，拍过上海世博会专题纪录片，在上海有一家自己的影视公司的"常山乡下人"，说起开发老家这片土地办民宿，如此打趣自己的身份，并说，这是"纯属意外"的一件事。

那是2015年，因受邀拍摄家乡特产胡柚的宣传片，他带着上海美术电影制片厂的团队走遍了常山的乡村，看到许多荒僻山村空无一人，老屋破败、倒塌，乡间小道上野草恣意生长。当新的楼房在交通更为便利之地建起，留给老屋的，是推土机。

土地流转，工业革命兴起，现代信息潮水般涌入，乡村经历了时代变革的阵痛，依然处于贫瘠、脏乱的境地。它仿佛可以被随意践踏，不知疼痛。池塘被填埋，田地被废弃，农具破烂了，被丢弃了，年轻的人背着行李离开了，摇摇欲坠的乡村在身后模糊。

"对于乡村的滋味，我太熟悉了，"刘峰说："我是农村出来的。"

"最初的心愿，我只想将几栋老房子保留下来，在原有的基础上加入自己的理念，建造一个接待外地朋友的场所，在这个场所，小松鼠可以跑到路上，西瓜可以长在路边，来这里，就是脱离城市，和自然在一起。"

乡村与自然自古的关系，以及这份关系的重要性和价值，是刘峰后来在和乡村越来越深入的交流、接触里慢慢发现的。

乡村有自己既定的习惯和生存逻辑，失去土地的农民有各种各样的诉求，从一期开发到二期改建，云湖仙境的打造，不乏"理念错位"带来的冲突、矛盾。在前期开发中，刘峰在天安村待了整整两个月，他逐渐意识到，一个实实在在的民宿，必须找到人、自然与民宿开发者三者之间的平衡点，而这个平衡点，就是自古以来的乡村哲学：和谐、亲近的邻里关系。用刘峰的话说，这是老祖宗的东西，我们要做的，是回归。

"这也是我从云湖仙境的开发中自然而然学习收获到的。"

乡村，自古以来就是朴实的、热情的、自洽的熟人社会。

我们和乡村的连接从来就没有断过。无论我们身在哪里。

一个地方的活跃在于生命的流动和土地的固守，它们相互滋养，乡村，是人和自然之间最原初的交流场所，它所拥有的力量，是城市不具备的。乡村产出农作物，获得土地上的收成，乡村才是真正的人性所在，民宿不是简单地将一座座老房子刷新，植入现代生活理念，它的建造，需要通过土地、水、阳光、空气、交通、村民来进行体验感受，像"少小离家老大回"一样地回到这里，像叶落归根一样地想要回到这里，这才是一个将文化根植于乡村的民宿该有的样子。

乡村也因民宿诞生了新的产业。2015年至今，民宿一直雇用村民工作，忙碌时需要十几个人维持运转，对于乡村来说，这就是一个小型的产业，民宿经营的理念慢慢地改变着乡村的气质，客人的到来也给乡村带来新鲜、多元的观念和思维，以一种润物细无声的方式在乡村传播，潜移默化地改变着生活在这里的人们。

民宿成为乡村的一个窗口，外面的人进入这里，和乡村产生很好的互动，乡村通过民宿，体验新的喜悦和快乐。民宿产业不应该只是满足外来客人单纯的"度假、休闲"需求，重新利用产业，通过与乡村切实的交流体验，恢复农耕文明传统和谐互助的邻里关系，这，是云湖仙境最终达成的存在方式。

这些改变都是自然而然发生的。自然而然和乡村连接，自然而然给乡村带来收入。很多人问刘峰，民宿的定位是什么？他说，一开始真回答不出来，因为没有定位。时间长了，他慢慢发现，来这里的人，可能来时并没有强烈的意识和需求，一旦进入，就有了不同的收获，老人惊奇地发现，门框、木雕门楼还在，好像就是几十年前的样子，还是老房子的气息，还是夯土和水泥的气息，还是树木和阳光交织的气息，只是老房子修缮得更好了，用处更多了，更有生气了。来自城里的孩子们立即就喜欢上了溪水、草地，喜欢让刘峰带着他们抓昆虫、捡石头，而那些和他一样的中年人，看到白墙黑瓦、门框窗棂从密林覆盖的缝隙里显现出来，多少千奇百怪的隐衷，都可以得到化解和宽恕吧。

所有的都在自然生长。我们也在慢慢生长。他说。这些，做民宿前，是没想到过的。

但这就是乡村本身的力量。

"推土机不要进来。"

"把这里的房子留下来。"

当这样的念头出现在脑海，一个关于乡村的记忆就固执地留存了下来，也许这就是从乡下到城市的刘峰最敏锐的直觉。

旧的乡村在离开、回来的人群里不断迭代，形成新的观念、新的认知，回归乡村，寻找乡村，"看山还是山"，这正是位于乡村的民宿让人感受到的最直接的魅力所在。

3

傍晚，我们沿着柏油马路去往一期开发的两栋房子。

占地面积三千多平方米的云湖仙境，两期共开发改建了七栋独立民房，一栋作为公共活动空间的房子，一栋餐厅。每栋独立民房均保持原貌，只在空间上做不同规划，每栋都有公共活动空间和厨房，按照老房子原本的结构设置三至四个结构、风格不一的房间，并尽量提升空间的舒适度和隐秘性。

　　这样的设计理念，来自曾担任Esprit中国地区艺术总监的姜明路先生和民宿的另一位主人杨建平先生。姜明路先生专于美术设计四十余年，为Esprit艺术风格本土化贡献卓著，拥有中西融合的艺术修养和学识。他的设计理念与生于斯长于斯、在外经商多年又回乡种植葡萄和水稻的天安村人杨建平先生的设计理念完全契合：亲近自然，最大限度地保留乡村大环境，将民宿文化根植于乡村，体现乡村舒适与令人怀念的本质。

　　沿着蜿蜒上升的小路行走，两条白色画线指引着黑色沥青公路的方向，让我想起日本电影里那些狭窄的、不时有农用车或者公交车行驶的通往乡村的公路。路两边，聚集着密集的油茶林，青褐色的油茶果子个头很大，最大的有乒乓球那么大，让人惊呼不已，我从不知道油茶果可以这么"巨大"。不时有高大的板栗树、鸡爪梨树和桂花树映入眼帘，

一棵主干粗大黝黑的柿子树，看得出年岁很老了，一株枝丫已经枯死，另一株还活着，"秋天的时候，会挂满红彤彤的柿子"。

夏日的植物不管不顾地疯长，日晒时间的延长增强了它们的生命力，一期开发的两栋民宿隔着一条布满鹅卵石的小道，围着篱笆，植物们爬上篱笆，又爬上院门，硕大的叶片在阳光下熠熠发光。推开院门，一样的门框，一样的老榆木大门，一样的铁制兽头门环，一样的台阶，不同的是，院子里有人，一个男人拿着大水管往水池里灌水。那是一个蓝色的游泳池，建造在民房厨房的边上，占据了整个院子的右边。一个小男孩蹒跚着往厨房走去，那里，一个黑衣主妇正在忙碌，桌上一盘盘堆成小山似的烤串，调制品的香味隔着玻璃门飘出来，我不禁笑问道："你们从哪里来啊？"

"开化。几家人一起过周末。"泳池边的男人回答我。

屋内人闻声探出身来，朝我们看了一眼，我们微笑着对视了一下，掩门告别。

空气里弥漫着夏日黄昏特有的清朗之气，篱笆边，木槿开着粉色的花，几株芭蕉结了果，青色的小芭蕉果齐齐地排列在枝条上，让人忍不住想跳跃着抚摸一下。哦不，我心里，是想把它们采摘下来的。

为什么到了乡村，我就这么恣意妄为？

我们继续沿着公路走。整个民宿并没有一个清晰的地域区分，小路边还有两栋民房，居住着天安村的村民，若不注意，还以为也是民宿的一部分。

走进云湖仙境，就像走进一个自然村。民宿开发的房子散落在山坡上，几乎每栋都被茂密的树木掩藏着，走着走着就遇到一栋，一拐弯又是一栋，这样的体验和儿时的回忆重叠在一起，让人不禁想去每栋屋子里做个客。

村民热情地和刘峰打着招呼，带着有一点点陌生的口音，一只灰白相杂的牧羊犬在院子里冲我们叫，刘峰说："它叫妮妮，别看它叫得凶，不咬人。"

在一个村民的院子前，我停下来观赏一种开满紫色小花朵的植物，同伴马上说，这是土人参，小时候院墙边都是。院子里的主人笑着赞同了她的说法。

我虽然不认识，却满心欢喜，像是遇到了一个新朋友。认识植物，于我而言，是一门博物学，没有任何用处，却充满了广大博深的各类知识。刘峰说，民宿刚开始建造时，他便请了中国人民解放军海军军医大学博士生导师马教授来山里，在这片山林，他们寻找到了许多珍贵的蝴蝶品种，制成标本，作为日后供孩子们研学的重要内容。

我们离举着网兜追逐蜻蜓、蝴蝶和知了的日子有多远了？

我们离将双脚浸在水里，任由小鱼、小虾在趾缝间穿梭的日子有多远了？

"我女儿在上海，回到这里一开始什么昆虫都怕，最怕的是蝴蝶，现在带着一帮小朋友抓蝴蝶。"

"刚开始，我让她听雨声，她说，没感觉。我让她再听，她说，还是没感觉。我让她低下身，视线和水面平行，盯着它，雨落下来，击穿水面，溅起水花，那种感觉，她看到了。"

那些无用的技艺也许正是生活的质量。抛却一天的"正事"，在傍晚或者清晨，去仔细看雨滴如何以重力的形式击打水面，去看风如何吹开树叶，卷起完全不一样的背面，看狼尾巴草挺立在夕阳里，金光闪闪，用直立的棕色针尖告诉你，那不是狗尾巴草。

乡村的现实价值也许就在这些当中，在我们观察日月星辰四季变化中，在我们从中学会的对世界的表达和描述中，就像刘峰说的，用情感显现空间。

我在乡村，享受缓慢流动的时间。新冠肺炎疫情让整个世界变得急迫、紧张，日常生活在本质意义上发生了天翻地覆的改变，未来的我们能去哪里？

意识到乡村的重要性和价值真的很重要，乡村不应该只成为我们的情绪符号，它实实在在存在着，人和乡村的关系，乡村和自然的连接，是一切事物的基础。

刘峰说，云湖仙境有三位主人，另一位张翼平，现在在河北做生意。

我问："也是常山人？"

他答："是我发小，我们同一个村。"

"不常回来吧？"

"对的，夏天和过年会回来一趟。"

我会心一笑。像是看破了三位四十多岁中年男人的心意一样，有点欣慰，又有点骄傲。我意识到，这是一个有着长远生命力的"田园式"乡村模式，它超越了民宿的概念，它将"家"的精神内核扩大了。

也期盼着作为影视导演的刘峰描述的那些场景得以实现：带着孩子们，举着收音设备，去收录松风的波动，涧水的轻流，蜜蜂忙碌的声音，松鼠不经意跳过头顶的声音……

自在梅林：山野的小四季

吴卓平

只不过，美的事物，总是匆匆。当花瓣扑向泥土，生命的形式就得以另一种形态持续，很快，梨子已成雏形。

"草在结它的种子，风在摇它的叶子。我们站着，不说话，就十分美好。"

喜欢顾城的诗，却一直未懂，这该是一种怎样的情境，直到来到自在梅林。

民宿隐在小而美的东案乡梅树底村，走过蜿蜒的山路，推开大门，山风随着吱呀声吹过耳畔，就像隔绝了繁杂的世界。

"我们都想过简单的生活，不过现代生活总是在以加速度不停奔跑，车水马龙，繁忙喧闹，简单倒反而成了一种奢侈。"

和女主人彭姐聊天，"简单"这个词反复出现在耳畔。长期以来，她一直在外经商，似乎已数尽人间繁华，于是转身回到山野与乡村，成了一位"山野村妇"。

1

梅树底村坐落在常山第一峰白菊花尖山下，这里群山环绕、峰峦叠嶂、清溪蜿蜒。

七年前，家中老宅面临修缮的问题，彭姐心想，公公婆婆年纪大了，也该过点舒心日子。于是她和丈夫商量，不如把老屋里里外外翻新一番，既可以自住，又可以作为民宿来经营。

说干就干，彭姐请了设计师，设计了如今这处山居别院。

从动工到正式营业，经历了五年时间，一桌一椅都源自彭姐的精挑细选，一草一木也皆由夫妻二人亲手栽种。

三年来的经营，更让她对民宿有了一种丰富且深厚的感

情。她说她已经有了两个可爱的孩子，而民宿就如同自己的第三个孩子，"尽管这个孩子还不完美，但我希望朋友们都能喜欢上她"。

小楼采用回廊设计，除了一楼的公共空间，还有四个楼层，分别以春夏秋冬命名，寓意春播、夏育、秋收、冬藏。

她希望朋友们来到这里，春有百花秋有月，夏有蝉鸣冬有雪，能够零距离感受山野自然的那份丰盛与美好。

2

彭姐说，回归山野的日子，就是选择了一种简单的、纯粹的生活，虽偶有艰辛，但安谧，充斥着阳光、汗水、青草与书香的味道。

如今，除了冬天这个明显的经营淡季，其余时间她和家人都会在村里度过。每年春寒料峭之际，水刚化冻，山体还没有褪去寒冬的萧索，但她的内心却早已按捺不住。不等小寒、大寒的到来，她便会穿上厚厚的冬装，离开城市，回到山居，陪伴后山那两棵红梅孤独地盛开。

农历二月的山野，依然披着灰蒙蒙的色调。而娇艳的梅花，将给冬末春初抹上一层恰到好处的暖色调。如果正巧赶上一场大雪，可以幸运地看到雪里红梅的孤傲与冷艳。可惜，南方的雪啊，并不是说有就有，想下多大就下多大，彭姐笑着感叹，这种可遇而不可求的视觉盛宴，只能偶有得之。

初春，各种灌木的枝条，虽然依旧披着灰褐色，但细枝与嫩节上，已然努力舒展出大大小小的棕色鼓包。

山麓之上，那一片片翠竹修直挺拔，默默地守候着绿色的寂寞。而蓝色的天空，纯净如洗，无数的鸟，叽叽喳喳地飞过来，又飞回去，清冽的空气中，会飘过一丝丝的甜。

山居的日子，就在这样的春寒里，开始又一年的花开与花落。而自在梅林和彭姐，也将随之迎来属于各自的旺季。

3

三月，春已到，梅欲归，落英缤纷。此时，山野之中的杏花、桃花，便开始迈着矜持的步子，一点一点地从花苞里悄咪咪地钻出来，并在你猝不及防的时候，呼啦啦地开满了枝头，像是一瞬间天上飘下了几朵胭脂云，真有种"忽如一夜春风来"的感觉。

彭姐和我说，梅树底村真的没有梅树，但山桃花却总是比普通的桃花早开一个节令，金灿灿的连翘花，披头散发地绽放自由自在的野性……山中各种各样的野灌木和野山花，你方唱罢我登场，把各自的美艳从春天一直维持到深秋。

每一天，在鸟鸣中自然醒来，吃过早饭，便要开始一天的忙碌。有客人时，彭姐与客人喝茶、聊天、插花、做饭，一天的光阴很快就过去了。若是没有客人，那就在院子和菜园中拾掇。给果树浇水、施肥，给新栽的小树培土、维护。也须在时令的脚步里，播下各种各样的种子。

山里的天气，早晚温差大，为了能够早日出苗，菜园的地里，往往会盖上一层薄薄的地膜。那许许多多的生命，就这样踩着独属于自己的节奏，萌发着生长的力量。待菜地里的小苗在地膜下拱出地皮，几天之间便会舒展开叶面。此时，把地膜划开，小小的秧苗竞相生长。不过，万一来了霜冻，早出的苗，一夜之间便会被酷霜打蔫，软软地趴在地上，完全失去了生机，彭姐便只能重新播种。

而等到菜园的菜畦一片碧绿，山麓上的竹子也已换过一茬新叶。初绿的叶子，稚嫩、干净、充满生机，涌动着漫山遍野鲜活的蓬勃。山居，就如同长在浩瀚绿色里的一个个小小的蘑菇，被庞大的生命群体包围着。

"我记得2021年的春天，有一个上海来的客人，在民宿一住就是一个礼拜。手机设为静音，琐碎的事务也通通交给助理。他只是在这里吃吃农家饭，喝喝茶，逛逛果园、菜园，去山中发发呆。后来他告诉我说，这一周的时间，就像给自己的心灵做了一个SPA，那些尘世的喧嚣、烦恼，统统都不见了。"

让一颗心忽而安静了下来，这应该就是山野自然的魔力。

4

山上多野果，有山楂、枇杷、樱桃、树莓、板栗、野柿子。也总是在不经意中，红了樱桃，绿了芭蕉，而长得最快的要数杏子了。梧桐花刚刚飘出浓郁的芳香，小小的青杏，便顶着紫红色的花萼不声不响地长了起来，转眼几天，头上的花萼就干枯落去，只留下虎头虎脑的果子。

彭姐喜欢带着两个孩子在月下欣赏梨花的姿容，只因其颇有一番独特的风韵。据说，除去审美的体验，其中还包含了科学的原理——白色能反射光谱中所有的波长，成就了它在月下神秘的光晕。

只不过，美的事物，总是匆匆。当花瓣扑向泥土，生命的形式就得以另一种形态持续，很快，梨子已成雏形。

"疏果"，彭姐第一次接触这个词，还是学生时代。那时，看中外名著是她课余时间最大的爱好，读到小说《红旗谱》，书中的女主人公春兰到梨园里掐小梨，她当时特别不理解，为什么要掐掉那些梨呢？多长一些又何妨？而如今，她一直都在这些未知的领域中实践，杏、桃、梨挂在枝头密密匝匝地长成一串串，一簇簇。每年疏果时都要去掉好一些。看着掐落在地上的那层绿色的小小果实，也着实有些心疼。

不过，土地总归是仁厚的，瓜果、菜蔬、树木在一家人的养育下一天一变，忠实地记录着时光的痕迹，这便是自然最丰盛的馈赠。

每每有客人想去附近转转，彭姐总会亲自领着他们上山，采摘些当季的果子，这是属于山野记忆之中最为珍贵的体验。

当彭姐带着客人们摘果子，煮乌米饭，做豆腐，客人们总是觉得很稀奇，认为山上的东西都是宝，"你瞅着山上很寻常的，无甚稀奇的一样东西，也许就是一个宝贝哩"。

5

夜晚，宿于山居，偶有客人会听见林间的啄木鸟"笃笃笃笃笃"敲击树干的声音。啄木鸟不怕人，有一天早上，客人打开窗子，看见一只啄木鸟用乌溜溜的眼睛盯着她，心里欢喜极了，以为它是来造访的朋友，亦朝着那只啄木鸟嘻嘻笑。

不止是啄木鸟，林中还有许多"精灵"。它们总在小院里飞起飞落，翅膀扇动出或轻巧或笨重的声音。彭姐养的几只猫，便常常与前来喝水觅食的鸟戏逗玩耍，小鸟灵巧地逗引着猫，猫也并不真的去扑，只是跟着它们上上下下地跳着，时而躺在地上打一个滚儿。

哦，对了，还有一只胖胖的喜鹊。它从不拿自己当外人，常在院子里大模大样地走来走去，也不躲闪，一副目中无人的样子。这让小猫们很生气，有时冲着它猛扑一下，它便扇动着翅膀飞起来，喳喳地大声叫着俯冲下来，倒把小猫吓得后退几步，它得意地在地上摇摆几下，再扑棱棱地飞向天空。

它们的造访，也为小小的民宿增添了不少热闹的气息。

只不过，鸟类的味觉极度灵敏，偶尔，它们也会抢了民宿客人们的心头好——人还没发现时，成熟的野樱桃便已被它们啄食得"惨不忍睹"，长在树尖上，面朝阳光的那些，总会被它们捷足先登。

院子里还趴着两条田园犬，一黑一黄，于是彭姐的两个孩子给它们取名为"小黑"和"大黄"。小黑、大黄和几只小猫一起长大，却从不欺负那几只小猫，倒是小猫经常在它们身上抓来抓去地耍赖撒娇。

猫猫狗狗们喜欢成群结队地跟着彭姐，一起在果园、山间巡逻，最多的时候两条狗和三只猫，前呼后拥，好不威风。

6

进入夏天，也进入了一年之中最为丰腴的季节——

清晨的山岚、黄昏的晚风，还有那疾风暴雨的突然造访；

鸟语、蝉鸣、蛙声，仿佛组成了一个庞大的合唱团；

白天有蝴蝶扇动美丽的翅膀，晚上有萤火虫游弋的荧光，以及各种各样的蚊虫叮咬……

所有这一切，全都挤进了宽容的夏天。

住在自在梅林的那一夜，清风带着林香徐徐吹来，彭姐让我细细闻，从中可以分辨出松木的气息和竹子的清香。她则掏出一炷草木香，用火点燃，淡淡的药香在空气中弥漫。守着墨蓝天空的星月，一家人陪着几位民宿客人吃着傍晚摘下的葡萄。

当我抬头望向夜空，寻找银河，一只萤火虫突然闯入，绿色的"灯火"忽明忽暗，几个孩子高兴地尖叫着追了过去，月亮从山的另一边升起，融融的光把树冠的影子铺在地上。

林中偶尔传来斑鸠的鸣叫，和屋前小溪边的蛙声一唱一和。不禁感叹，这世外桃源的惬意还原了久违的时光。

于山野中，与森林、田园、瓜果菜蔬为伴，耕种劳作，一切因山而存在，因变而生动。探春华秋实，万千隐秘。汗水滴进泥土，播下去年的籽实，收获又一个深秋，秋雨一场接一场地洗着日子，漫山遍野的繁华终将渐渐落尽，寒冷的冬，则会开始孕育一个崭新的春天，这样的周而复始，彭姐和家人已经走过了三轮。

如她所愿，这就是一种"不求高处不胜寒，只愿身在此山中"的简单。

陪花再睡一会儿

季意民宿：塞外一片梦田

松　三

> 野草尖尖冒出，青苔爬上阶梯，那种野生的、未
> 经雕琢的、奔放的生命力，是雪英眼中最美的事物。

湖是绿的，青山远近叠染，深绿、浅绿，天呈天青色，
雪英姐的季意民宿成为缀在苍野中的一点白，白色落在湖面
上。那么小小一处，如同掠过的白鹭暂栖。

每年秋季，许多白鹭从寒冷的北方南迁，来到这片湖
域中暂靠。秋冬季节，湖面泛起白色雾气，湖岸边胡杨树金
黄，雪英常早早起来，看白鹭轻掠、穿过白雾，停栖林中。

雪英也似一只寻迁于此的白鹭。

只不过，她栖靠了，便不再飞走。

1

这里是塞外。江南的塞外。塞外是一个农场，是雪英命名的。

塞外农场位于浙江省西部山城衢州市常山县何家乡。从地图上看，塞外农场紧贴国道320线，从县城驱车前往，不过十五分钟。但若来过，便印象深刻——从宽阔的国道拐进一条小道，几个弯，几个上坡，很快就到达了一个宽阔的停车场，下车来，便怔住——

隐隐能看到低矮处的屋顶，屋顶前的绿，是水。水前方的绿，是苍翠绿野。绿野后的绿，是青山。绿在这儿，是这样的层层叠叠，逶逶迤迤，望不到边。山水相依，柔情万千。

这里像是另一个世界。

雪英喜这天地辽阔，也正拥着这天地辽阔。

着蓝色碎花裙和白鞋子的雪英迎上来，她嗓子洪亮，走路轻快。我们随她在石头铺就的石阶上向下走，从屋后穿过正厅，走向院落前。院落前，便是那一汪碧绿的湖。湖风拂面，令人心神摇曳。

陪花再睡一会儿

我们正穿过雪英的新居，季意民宿。季是她的姓，季和意，又是两个孩子的名。是啊，雪英已是两个孩子的妈妈，大儿子已近高考，但雪英还像个女孩子，眼睛黑亮，笑容璀璨，脚上小白鞋白得发亮，蓝色碎花裙摆子随纤细的身材在风中摆来摆去，就像她的生命力，一点也不含糊。

雪英学医，毕业后，她在县人民医院做妇产科医生。在县城，医生是一份非常不错的职业，稳定、体面。但她不喜欢，她说，其实一开始便不喜欢。

"那喜欢什么呢？"

"喜欢剥花生、挖土豆，喜欢泥巴，喜欢土地。"

更喜欢自由自在，她常常想，要做些什么，做些自己喜欢的事，可以养活自己，那就更好不过了。

雪英在招贤古渡的湖边长大。招贤古渡在南宋时便为官渡，招贤水滋养着一代又一代招贤人。雪英的家人便依靠着田地与水，务农劳作，供养子女。对作为老么的雪英，家人更是将她捧在手心，念着她好好学习，一点农活也不让她沾。看着父母、哥哥、姐姐下田去，她只得艳羡。

艳羡在心里生了根，发了芽。在医院时，2002年，朋友对雪英说，走，带你去看一汪湖。

朋友带着她来到一个小水库，水库的水碧绿幽深，水边一圈胡杨树，胡杨树的叶子大大的，在午后的阳光中翻飞，阳光被剪碎。枝丫上，飞鸟震颤，她听见鸟鸣，也听见鸟儿扇动空气的扑棱响声。胡杨树外，矮山层叠，如一幅合围的山水画。

如朋友所料，雪英一眼就看上了。

雪英说，找了好久，找到这样一个地方，可以种植、养殖，可以装下自己的田园梦。梦里天地辽阔，遍地绿意，还有牛羊成群。雪英说，那么，便开一个农场。

2

回去后，雪英通知家人，说想买下一个湖，开一个农场。全家人都觉得这个想法不可思议，一致反对。

这时的雪英，已从医院"出逃"过一次，从事着医疗医药相关生意，收入颇丰。第一次"出逃"，好歹离不开医学。第二次"出逃"，在家人看来，匪夷所思，当然反对。他们说，疯了吗？做农活那么苦。小时候不让你做，长大怎么还非得绕回来做？她的先生更是不同意，2002年，做农业的人，屈指可数。

谁知道呢？农场的种子早已在雪英心中发了芽，现在，要抽枝了哪！

并不是那么容易的。家人的反对也合情合理。雪英看中的这片湖，那时候，除了目之所及的湖是美的，胡杨树是美的，湖边却杂草丛生，如今湖对岸的那片果园，曾经长满芭茅、芦苇。还有一片矿山，20世纪五六十年代炼矿留下来的石灰窑黑洞洞地嵌在山壁上，烧制完的白色石头渣料就地倾倒，铺在坑坑洼洼的小路上，和着黄泥，斑驳不堪。久而久之，村民便将此地当作大型垃圾场，建筑垃圾、生活垃圾，倒成一片。唯一的小路，窄得不得了，仅可容一车险过，坐在车里，颠来倒去。

来到湖边，偶有养鱼人，这里人迹罕至，如荒山野岭。特别是一到冬季，林木萧条，芒草萎枯。外头村子的村民说，哎呀，我们都不往里头走。湖边深处倒有个村庄，但村民忙着搬迁，留下来的几户，苦于经济条件限制，不然早人去楼空。

听说有人要承包这里做农场，村民们说，哪个怪人啊？而且没想到的是，还是个"女孩子"。大家在背后议论纷纷，一定做不长的。

雪英着手做农场。第一件事，便是清除这里的垃圾，先把上面一层的村民垃圾处理掉，再挖下面的白色矿渣、石头、黄泥土，一直挖到硬的土层。清理出来的矿土垃圾，用车运出，反反复复，花了三个月。

家人们拗不过，只能静静地站在背后，想等她放弃，期待她放弃。

过段时间，"女孩子"肚子隆起来，村民才知道，她还是个妈妈。雪英怀上二胎啦。先生原本以为，怀上宝宝后太太便会歇下来，哪知道，雪英把裙子换成长裤，把小白鞋换成灰扑扑的球鞋，照样踏着步子天天跑工地。

夫妻俩的斗智斗勇，雪英以倔强胜出一筹。

3

雪英踩着小白鞋带我去看她的果园。

我们沿着湖的一侧走，湖现在有了名字，叫塞外湖。湖的里侧隔着一个水塘，水塘里放有鱼苗，等鱼苗长大后，便被捞进塞外湖。雪英用鞋子拨弄着地上的玉米草，玉米草叶片尖尖的，用来喂鱼。雪英说，鱼儿喜欢尖尖的草。尖尖的野草啊，也可用来喂鱼。

陪花再睡一会儿

一群羊，住在果园的羊棚中。我们走进去，小羊明眸水润，细声咩咩叫。孕期的羊，被圈在别处。雪英说，羊是最温顺的，但孕期的羊敏感，要隔开养，免受羊群的干扰。羊棚分上下两层，羊住上层，隔层镂空，羊群排泄出的粪便，作为果园的有机肥。

这是雪英的生态理念，让果园形成自然循环系统。肥料天然，用以供给植物，草用以养鱼。鱼呢，供给农场。来农场的客人，通常都要亲自钓鱼，觉得新鲜、快乐。

果树有樱桃树、桃树、胡柚树、李子树。

雪英喜欢樱桃。樱桃花开起来的时候，落英缤纷。樱桃果子结出来的时候，樱红点点缀。其实这里的土壤不大适合种樱桃，长得不好，樱桃小小的，产量很低。雪英便用土烧来做樱桃酒，土烧是自家酿的。客人来到民宿，春日的几个月里，专喝樱桃酒。喝了还带些走。每年的樱桃酒，便如春日时节一样珍贵，令人怀念，挂在许多客人的心头。

走地鸡奔跑在果园里，白色鸭子两三只，蹲在园中的水塘边梳理羽毛。有鸭子飞到胡柚树的枝丫上。天下起小雨，有鸡撒开脚丫子冲到果树底下去了。

这样自得其乐的野外。雪英说，看，它们多自由自在。

还有，紫苏长出一大片了。真是奇怪，前几天还没有。雪英笑得大声。紫苏是常山人挂在舌尖上永不会忘的相思味，做鱼放一些，炒黄瓜放一些，炒螺蛳放一些。一片紫色点缀在这片地面，又一片紫色点缀在那片地面。出其不意，在山野中，紫苏的生命力如此旺盛。

雪英，还有民宿的员工，闲下来也会在这果园中游荡，摘野菜，采野果。雪英常常一大早来。

果树需要这样的天然和自在。除了常山人一年四季吃不停的辣椒，雪英坚决不用大棚。她说，无论大棚里的小气候怎么调，种出来的蔬果，味道总是与自然生长的不一样。

她相信自然的力量。

自然的力量，古老的农人们有另一句话，叫靠天吃饭。老天爷常不赏饭，雪英也常遇到。种下的一千多株胡柚树，三年开长，哪知道当年一场霜冻，冻死近七成。胡柚是常山的宝，霜冻前，县里农技站派人来指导，做了防护，还是无用。前一年种下的西瓜，长势喜人，谁晓得，采摘那几日遇上连续大雨，瓜烂了大半。

但是，留下的好瓜，小心翼翼切开，还是小时候的味道啊！

4

雪英在寻找记忆中的味道。那种鲜味，西瓜的鲜甜，鱼肉的鲜嫩。

小时候，父亲很会种田。每年镇里评选种菜能手，父亲总能选上。雪英记得父亲种的大西瓜，一个足足有六十斤。切瓜的那日，家人请了许多亲戚，大家吃得直打饱嗝。父亲像照顾婴孩一样照顾地里的蔬果。雪英记得，家中的菜地，不见一点杂草。大白菜、青菜，总比她还高。这份细心、勤劳，雪英家凭着种菜，成为村里的万元户。

被父亲捧在手心的，除了蔬果，还有雪英。她小的时候，父亲去山中亲戚家拜年，挑一担子箩筐，一头装着拜年礼，一头装着她。她坐在箩筐里，晃荡着随父亲上高高的山，下高高的山。她说，山里的好东西真多，高山玉米、番薯、土豆。

土地和父亲，是这样的密不可分。父亲成为雪英生命中温柔的大地，他不大说话，却默默陪伴。他会给女儿挑颜色合适的裙子，看她气色不好会帮她调整饮食，一直到雪英做生意，凌晨两点晚归，父亲总会等着。

开农场，父亲却不支持。一个父亲最好的祝愿，便是女儿平顺安康。务农太苦。父亲还说，女孩子不要晒得太黑，不然穿裙子不好看。

雪英在工地上被晒得漆黑的那几年，便常常想起父亲说的话来。

父亲的陪伴没能一直在，雪英着手做农场前，父亲因为车祸骤然离世。前一日，雪英还和他交代了出去旅行的事。

雪英说，她大概很像父亲。长得像，性格也像，倔嘛。现在更像，做得一手好农活。老年后，父亲总把自己收拾得干干净净，出去看山。

雪英说，对于美的感受力，我们也像。

季意民宿的屋子边，雪英用拳头大的卵石铺地。卵石是从招贤河边拾捡来的原石。雪英从小住在湖边，在夏季的夜晚，大家躺在冰冰凉的鹅卵石滩上，看星星，吹晚风，到水里摸鱼摸螺蛳。

原石间隙中，长出一点野草，管家眼见，便要弯腰去拔。雪英阻止。雪英不仅等它长出野草，还等它铺满青苔。野草尖尖冒出，青苔爬上阶梯，那种野生的、未经雕琢的、奔放的生命力，是雪英眼中最美的事物。

5

从季意民宿出发，绕湖一周，大约需要一个小时。

雪英常走晨时路。那会儿，月亮还未落。雪英在晨光中醒来，七岁的小儿子也在民宿里住着，雪英将他打理好，送往学校，回来后开始民宿一整天的忙碌。傍晚，儿子被接回民宿，她做课程辅导，打扫卫生，夜晚也在一位母亲的忙碌中结束。

季意民宿的事忙不完，农场的，餐厅的，住宿的。雪英习惯把自己放在背后，每日细细地检查工作是否做到位。倒有许多医学工作者的工作习惯留下来。比如，餐厅的桌面、地面，她要求用专门的油渍清洁剂做每日清洁。季意民宿的房间，除了选用高品质的必需品，其他装饰品一律不用。抱枕也没有，因为抱枕常常需要好长一段时间更替一次枕套，不够卫生。况且，季意民宿提倡好好睡觉，其余的时间，雪英说，要"赶"他们到野外去。近来，雪英计划着在果园旁开辟一片地作为露营点。

季意民宿的野外，对于每个人都不同。

有人爱坐在湖边垂钓，吹吹湖风。

有人爱湖上的月，看月从湖的一边慢慢地移向另一边。

有人爱果园，采樱桃，摘桃子。雪英的小儿子喜欢在果园里捡鸡蛋，他说，在果园里捡鸡蛋像与鸡蛋玩捉迷藏，这里一枚，那里一枚。

雪英爱一条隐匿在湖对岸深处的野径，小径两旁藤蔓攀爬，不知名的野花野草跟着脚，我跟着她走，她说，你闻到青草的味道了吗？真是浓郁的生命力呀！

民宿的工作人员常疑惑，不知道老板娘哪里来的那么旺盛的精力。随晨光一同醒来，却总到深夜才入眠。雪英说，当然忙啊，但每日被鸟鸣唤醒，起来站在窗前一推窗，风一吹，便精神抖擞。还有，新冠肺炎疫情来了，雪英一点也不担心。三月，因为疫情，民宿停了半个月，管家暗自心焦，却见雪英每日早起采野花，上午喝喝茶，下午做点心，悠游自在。

雪英说，这真是最幸福的时光。

在这里，只要暂停一小会儿，一切都是享受。因为这是她想过的日子。

稻之谷：见山见水，有梦有诗

成向阳

　　醒来时先听见鸟鸣，穿衣站到窗前一看，一棵板栗树，一棵柿子树，还有其他一些树，我一时认不出是什么。

1

　　背着大包出常山站的时候，我看了下月台上方悬挂的大钟，是下午五点整。出站路线一点也不复杂，远远一望，梳着小辫子的华诚已在出站口铁栏外站着了，还是穿黑卫衣和肥腿裤，还是那么宽宽松松的玉树临风。他已经看见我了，在三十米外招手示意，但我一下还走不出去——得先掏出手机，扫描疫情防控岗亭前的浙江衢州健康码，然后填写信息。填身份证号时写错两位，又退出来重填。手忙脚乱中心想，在华诚的注视下干这个，真是有一点不好意思啊。

我来常山找华诚，其实就是想到他的稻之谷民宿看一看。

暮色渐浓，看着眼前扑面而来的陌生道路与点点灯火，我不由想起了和华诚的相见与相识。那还是在近四年前的北京，鲁迅文学院，我住512，他住513。

华诚让我觉得不凡还是初见时。有两三点神仙气质在他身上隐隐现现地披挂着，我一进他的门就晓得了。

第一点是他头发长，但也不是特别长，长到恰好能随手拢成一把用根头绳扎起来的程度。这种拢成一把用根头绳扎在脑后的发式，我们晋东南乡下称为"姥姥拽"，也叫"妗母揪"（妗母者，舅妈也）。这是小姑娘才梳的发式，意思是小姑娘去了姥姥家，如果不听话、不讨喜，姥姥和舅母会拽一拽、揪一揪她脑后的头发的。但这就是华诚的头发，我后来才知道，这头发是他自己剪的。他觉得长了，就抓起剪刀，对着一面镜子，咔嚓咔嚓。

梳这种头发的华诚穿了一双不多见的手工布鞋。以我的高度近视眼观察，这布鞋一定是乡下哪位妇女的针线活儿，且是有钱也很难买来的。那种厚厚实实的鞋底，得用顶针和粗针大线一针一针纳出来。做这样的一双鞋，会做破一双手，所以常是大姑娘、小媳妇做给自己汉子穿的，要不就是老妈妈亲手做来悄悄藏在出远门的儿子的包袱里的，好让他走远路时能穿上这鞋早一些回来。而华诚正是一个腿长且爱走远路的人。他穿着这样一双不多见的布鞋，这样一双布鞋的上面是两条肥大的既飘逸又稳稳扎住的黑裤管。我不太清楚这裤子该叫什么裤，但在我印象里，早年间乡下的男人就好穿这样的裤子，比如我爷爷，在我的记忆里就穿这样的黑裤往来田间。穿这样的裤、踩这样的鞋来"鲁院"上学的华诚，是提着一盆草来的！一丛鲜鲜绿绿的草，栽在一个青黑色的小石盆里。他就提着这一盆草从杭州上了飞机，又在北京下了飞机，把这一盆绿油油的，在我看来是麦苗一样的草种到了513宿舍朝西的一面窗台上。

那种草的小石盆浅浅的，像个石砚，中间汪着清清一潭水，那丛麦苗式的草就生在水里。华诚买了大桶的农夫山泉，每天给草喝，也给他自己喝，好像草也是他的一个肉身，要时而饮一饮的。

后来我才知道，那草竟是菖蒲。我在散文里常常读到菖蒲，但这是第一次亲眼看见。因了这第一次经见，我得专门感谢华诚。

华诚乃美食家。他的一句口头禅是：这个很好吃呀，你来尝尝看。

有一晚，他在一道肉菜里特别指着一片黑黑的菜叶，说："这是紫苏，很好吃呀，你来尝尝看。"这也是我第一次吃紫苏，以前我一直以为紫苏是一味医治感冒伤风的药。

又一晚，他请我吃火锅，见我用筷子从锅里夹出一根竹笋来吃，马上说："哇，你吃了一大根竹子啊。"

我马上觉得很羞愧，似乎自己抢了大熊猫的饭。但他的这句话说得如此有韵味，以至于我后来每次从火锅里夹竹笋，都会把他的这句话默默念上一遍。

相处日久，更知华诚聪明过人，他的文创"父亲的水稻田"名动江南，他主持的"雅活书系"流播日本。他多有主见，敢于人群讷讷时先发一声喊，喊出自己的声音来。

不过，后来我读了他的很多文字才知道，他做出来的这一切，都很不易。

2

南方初冬的天色黑得特别快，也特别早，这是我此番南下的一个新经验，算是中年晚得，以前是不知道的。进了华诚的老家常山县五联村，天已经很黑了。村街上亮着灯，但还是看不清具体有些什么。他的丰田越野三转两转，就来到了一座白色建筑边，这就是稻之谷了。

我从车上下来，一时有点茫然，从宽阔的停车场上透过浓浓夜色看去，只觉得这座建筑是一个亮着几点灯光的美术馆。

但它其实是华诚在老宅基础上重建起来的家园，也是真正的"民宿"。他的父亲、母亲住在这里，他的弟弟、妹妹逢年过节从杭州和绍兴回来，也住在这里。而他经常会在周末，从杭州开车三个小时回到这里，读书写作，下田务农。

而十多年前，学医的华诚从这个家里跑出去，跑到常山所属的衢州，又从衢州一路跑到杭州。那时候他可能还没想到，在更大的城市里闯荡经见一番之后，竟然是老家的三亩稻田让他找到了幸福之门。从那道门里走进去，他发现了真正属于自己的一个新世界。

稻之谷的大门很窄，其实并没有所谓大门，就是一扇装着指纹锁的房门。进门先换鞋，脚垫上摆着一次性拖鞋，我套上进门一看，哇，好大的厅堂，像星级酒店的半个大堂。墙上显眼处挂着一幅字，上书"稻香馆"。我对书法素无研究，只看出落款是著名作家、书画家王祥夫先生的名字与堂号。厅堂正中是沙发和茶台，我在沙发上放下双肩背包，那里面放着我的书、电脑、相机、衣服、药物，随即陷落般往下一坐，一抬头，哇，好大的天窗啊。我想，此刻如果关了灯，坐在这里应该是仰观得见五联村的星空的吧。厅堂一角旋转向上的大楼梯边放着一口黑色大瓮，圆肚敞口，其中插着一大枝柿，叶子黄绿，但还不显枯相，几只柿子却已是灿若红星了。

华诚笑说，那是以前家里腌菜用的菜瓮，现在拿来插柿子，物尽其用，不亦乐乎！说着就带我上楼一转，说是楼上有六间房，我挨个儿一看，依次是：望田、修书、抚琴、听风、观云、见山。真是一间连一间，一间比一间别致，可好像并不只有六间房啊。那些转弯抹角处似还别有天地，但我已看得有点晕了，主要是有一点饿了，于是马上下楼吃饭。

华诚的父亲、母亲不在家，说是出门到山里的舅家做客去了，于是华诚亲自下厨，一刻钟，即端出大鱼大蟹，与我就着黄酒大嚼一番。酒足饭饱时，却听得外面门响，是两位老人回来了，提着几个袋子，见我在座，满面笑容地和我说话。我的不好意思还没有完全落下，就听见厨间已是一片炒

菜声，随即一大盘冬笋炒腊肉就巍巍然端了上来。

华诚的母亲笑说，这冬笋新鲜，炒来让我尝尝。我没有客气，奋起余勇，与华诚新开两罐啤酒，飞快地吃完了这一盘好菜。但说实话，主要还是我一个人在吃，因为实在是太好吃了——那冬笋，那腊肉。

差不多二十天后，我在浙江海宁当地一个有名的馆子里，专门点了一盘冬笋炒腊肉，抱着很大的期望去吃，却实在没有吃出华诚母亲当夜炒的那番好滋味来。

冬笋此物，我后来在华诚的文章里读过，殊不易得。它并不在地表，而只是微微露出一条缝隙在山上竹丛中，只有富有经验的本地山民才能望缝隙而知地下有宝。而那冬笋又藏得很深，需要顺着缝隙一点一点地探下去，才找得见，挖得出。且又不易贮藏，需趁其新鲜食之最为甘美。

那一夜华诚家的冬笋，是他的舅舅下午刚刚挖出来的。

3

新冠肺炎疫情期间，华诚居家做的最多的事情之一，就是喝茶。他似乎与浙江很多茶农、茶商都是朋友，那些人有了好茶，就从山间寄来由他品鉴。华诚很是尽职尽责，既出不得门，就于壶山茶海间奋勇一游。

我曾于微信朋友圈里戏言："好大事，猛喝茶！"

戏言无心，华诚却是当真。一拍大腿说题目有了。于是很快便有一组《猛喝茶》的妙文见于某名刊。

稻之谷里茶品甚多。饭后，我们就去书房里坐，喝饭前泡的一壶普洱。我说，咱们要把这泡茶的力气喝尽了再睡，华诚笑着说："好呀！"说着他盘腿坐下来，我一看他身后，挂着一个细长的条幅，上书"多能鄙事"。我心里欢喜，于是站起来走到跟前细看。我说我喜欢这一幅字，喜欢它里面的意思，咱真得学学孔夫子，狠狠下几把子力气，好好做一番"鄙事"，咱写作，不也正是这样的鄙事嘛。

我之所以如此说，一方面是我真这样认为，另一方面是因为我觉得"多能鄙事"正是华诚内心之写照。数年来，我对他至为敬佩的一点就是：凡心有所动，必迈开脚步深入研究，然后弯下腰来撸起袖子猛干一番。他的"稻之谷"就是一个现成的范例。

4

茶尽，就回房睡了。

睡的是"修书"间，在三楼还是在二楼，我如今已记不清了，反正转着楼梯要上好一会儿。看着门前壁上的"修书"二字，我真是心领了华诚的一番好意——他是激励我专心于写书事业啊。于是忍不住半夜光身跑出来，举高手机对着门牌拍了一下。

然而，曝光不正确，周遭一片黑啊，于是开了闪光灯，又咔嚓了一张。

"修书"间里放了许多书，都是小开本特别经典又特别好读的。我注意到里面有一套十多本的中信出版社出版的"小黑书"。华诚在我睡前专门讲了，他每逢出门走远路，就装一本这样的小黑书在口袋里，里尔克啊，川端康成啊，信手抽出哪本就读哪本。然后他又说，你看，我把他们的话都用上了，哪一句化在我的哪篇文章里，哪一句又化在我的另一篇文章里。

华诚这几年勤奋，除种田和工作之外，写了上百万字的文章，每一篇文章都是见山见水见真人，而我从其间看到的是华诚作为一个散文作家的青年性。

还是在饭桌上的时候，我说："你的散文是真正难得的，你有当今国内散文作家少有的一种青年性在身上。你是唯美的，却不是书斋的，而你其实又是揣着一个书斋的，你的书斋在田野，在山山水水，在尘世的烟火之上。"

他停下筷子，说："你继续说，继续说。"

我说我不说了，我将来要写一篇文章，就论当代中国散文的青年性——以周华诚散文为例。

可这篇文章该怎么写呢？我一时还想不好，说不定不久后的哪一天，它会自己跳出来的。就像房间里靠窗的书桌上，忽然间就跳出一只黑色的小陶罐，罐里插着一枝山茶花。

绿叶红花，在房间的灯下分外鲜润，真可让人鼓舞精神在灯下长夜修书，但我一个疲倦旅人，其实无书可修，在窗前站立一会儿，就颓了。

我熄灯躺下，却是无论如何睡不着。大床巨枕，床单雪白，我轻轻地窝在其中一角，想这是稻之谷的夜晚啊。然后想稻之谷这个名字真是好，好在哪里呢？似乎好在有稻有谷，谷出于稻，而稻在谷中。浙西常山多山，五联村的稻田，应是在山谷中吧。忽又想起了日本历史上著名的源义经，想起令他一战成名的一之谷，又想起他的母亲大概是叫常磐。然后，我就慢慢睡着了。

梦见什么了吗？不知道，都忘了。

5

醒来时先听见鸟鸣，穿衣站到窗前一看，一棵板栗树，一棵柿子树，还有其他一些树，我一时认不出是什么。有早醒的鸟在树丛中，或飞或止，已是叫成了一片，我便洗漱下楼。

华诚是晚睡晚起的人，我开门时没惊动他，再说这么多房间，我也不知道他究竟睡在哪里。昨晚他似乎是带我去过他的房间的，但我已然忘了究竟是哪一间。于是一个人下到客厅里坐着，抬头又把头顶的天窗认真地看了一回。

这一回，却是比昨晚更看出一些设计方面的好处来。究竟多么好，也说不清楚，就是觉得这样宽大的房子，能举目看到天空里日月经行，云动鸟飞，人不至于寂寞，也不至于太傲慢，却是足够稳坐一片地，与高天保持一段适当的距离，绝不至于自卑和渺小。这还不够吗？如此想着，我便出门转转。

天色已亮，屋后就是山。稻之谷，果然是在层层山间。

晨风吹动山上的竹林，一只黑色的山鸟从竹丛中飞出，飞过稻之谷的屋顶，飞过一棵橙子树，一直向着村子外的稻田飞去。我走出停车场，慢慢地来到村街上，一只不大不小的狗朝我跑过来，我一看，村街尽头有几个中年妇女和老人，都朝着我看。我想自己没有戴口罩，怕不方便过去，就又折回来。远远看见华诚的母亲已在厨间忙碌了。她远远地和我说话，我说："阿姨，我转一转。"她挥着手用方言说："你转，你转。"我慢慢地绕到屋后一看，华诚的父亲，穿着迷彩工作服，正在收拾停车场后面的一道地基，那里堆放着一些砖瓦和其他建材，想起华诚昨晚说，将来这里要种出一大片草坪，再做一些过渡性的自然景观。

八点，与华诚坐在厨间吃饭，吃了一大碗面条，又吃了一小碗米粥。

那米粥真是好吃，米粒一颗一颗，香甜而有筋道，是自家稻田里种出来的优质大米。但粥碗却很小，我心想能再吃一碗就好啦，但想想又不好意思起来，于是呼噜呼噜一气吃毕。

华诚放下碗筷，就转到厨房后一个专放农具的工具间里，扛出一个牌子来，他说："走，我们下田里转转。"

我一看，他肩上扛的，正是那个著名的"父亲的水稻田"的牌子。这是一块初看起来极简单但细看又很别致的牌

子，好像出自华诚做木匠的小舅舅之手。说起这块牌子的构造，我看就是一杆青竹从中间破开，两片叠合在一起后，下方钉牢再削尖，上方张开的两头钉上一块原木板。那木板没有刷油漆，只是刨光，下方有水波样的木纹，纹上空白处有六个墨字"父亲的水稻田"，是华诚的父亲写的。

关于"父亲的水稻田"，我就不多费口舌啦。在南方，甚至在全国，它已经是一个非常有名的文化项目了。七年多来，围绕这一片稻田发生的故事、写出的书、拍出的照片、唱出的歌曲、天南海北互相结识的朋友、被孩子们再次发现的父亲母亲已经很多啦。而作为发起人，华诚此刻肩上扛着那块三角形的木牌，要带我去看看他这些年来躬耕的这片稻田。

这片稻田，在秋日收割后只留下短短的稻茬。在初冬的阳光下，它没我想象中的那么大，目之所及，好像比三亩还要再小一点，它们甚至都不能连接在一处。但是，当我扶着插到田里的那块木牌举目四望的时候，还是感到了分明而显豁的气象。但气象其实是说不出来的，它氤氲在空气里，游荡在田间的微风中，闪烁在田间华诚挺直的背影上。

第二辑 山水佳处，与花缠绵

罗曼庄园：山中一日，诗意千年

宛小诺

> 山间五月，松柏荫翳，翠竹萧萧，藤蔓蜿蜒，
> 绿意盎然。沿着山中小径拾级而上，溪水在身侧潺
> 潺流淌。

1

小满时节，夏天还未完全到来，进到山村里就更清
凉些。

在公路边看到"罗曼民宿"的大石头招牌，拐进狭窄的
乡间小道后，弯弯曲曲地，一直穿行在山脚下一片狭长的田
野间，但没看见任何房舍。直到前方出现了一道铁门，我正
打算给主人打电话，却见一辆摆渡电瓶车呜呜地从大门里头
开了出来。车上坐着一个和善亲切的中年大哥，看到我想要

问路的样子，他先自我介绍道："你好，我是罗曼民宿的孙拥军。"

真巧呢，恰好就遇上了主人。

孙大哥开着电瓶车正要去田里割一把韭菜，晚上做饭用，我便搭上了摆渡车，一同去看看他的农田。

原来刚才我路过的这一大片田野，都是罗曼民宿的地儿，除了韭菜，还种了玉米、丝瓜、甜瓜、南瓜、黄瓜、豌豆、辣椒、茄子等各种蔬菜。民宿所需的大部分食材都是自给自足，不打农药，无污染、无公害，确保客人们在这里吃到的都是有机且最新鲜的蔬菜。

收集好晚餐的食材后，孙大哥载我绕民宿兜了一圈。一进农场大门，视野开阔，是一片如足球场那么大的草坪，青草碧绿如毯，装点着纯白色的木栅栏、三角亭，天蓝色的无尽夏盛开使得道路变成了蜿蜒的花路。

而在不远处的山脚，矗立于葱郁青翠的松竹林下的两栋欧洲风情的小木屋，更加醒目。一栋黄蓝撞色，弧拱屋顶，是清简的北欧；一栋红白相间，三角斜屋顶，是热情的南欧。就如"罗曼"这个名字，迎面而来一股浪漫气息。

像这样欧式的小木屋，一共有六栋，依山而建，错落地隐匿在苍翠的森林中，样式不尽相同，色彩各异且鲜艳明亮，与天然的山野、精巧的水池和叠水、绣球花组成的曲径，营造出如童话般梦幻的意境。

孙拥军说起他采用欧式风格的初衷——与其在村里造一个仿古的民居，何不换个思路，依据此处的地势、山水，营造出另一种年轻人喜欢的"罗曼蒂克"。那尖屋顶白色栏杆的小木屋，是很受欢迎的拍照场景；那一大片梦幻的碧绿草坪，也已经为很多年轻人圆了草坪婚礼的梦想。

2

"罗曼"很大，面积足足有五六百亩，拥着青山，背靠秀水。当坐着摆渡车绕过弯曲的盘山路，抵达高处，我竟然看见一处水库。水色碧绿，波平如镜，倒映青山，自顾自圈成一方寂静的小天地。沿着水岸，静坐着一排年轻人，各撑着鱼竿在垂钓。

钓鱼这项活动，最近似乎让很多年轻人着迷。我好奇地走到水边，探问其中一个小伙：钓鱼的乐趣是在何处？

因为可以放空自己，只专注于水中那一个小小的浮漂。

因为每抛出一竿儿，都令人期待，充满意外和惊喜。

孙拥军对年轻人的喜好把握得很准，比如大草坪上，他已在策划露营基地。帐篷、天幕、露营桌椅、烧烤装备，以及作为辅助设施的厢式房，都已经在路上了。"再过两个月，草坪就改造成露营地了，到时候你再过来玩。"他说。

孙拥军五十出头，但看上去也就四十来岁的模样。他性格外向，热情而健谈。在开罗曼民宿之前，他已在传统酒店行业干了近三十年。早在十几年前，民宿刚刚在国内兴起时，作为常山本地人的他就相中了何家乡高塘水库边这一片山水田园之地，跟乡里承包下来。

罗曼民宿的主体是2018年建成并对外营业的，但当时它主要的用途是为孙拥军工作的酒店里的婚宴客人提供举行婚礼仪式的大草坪。一直到了2020年，他从常山县里的大酒店抽身出来，终于可以全身心地投入罗曼民宿的打造和运营中。

传统酒店行业节奏快，压力大，孙拥军从二十多岁进入这一行业，一步步打拼、积累，到管理一百多人的团队，时刻都要应付烦琐细碎的事务，几乎全年无休。

经历过年轻时的磨炼，到了现在知天命的年岁，他觉得生活应该慢下来了，把更多的时间留给自己。

罗曼民宿的建筑设计、整体风格都是孙拥军自己的想法。民宿和酒店不一样，建酒店要一次到位，要为客人提供标准化的服务；然而做民宿恰恰相反，是一个缓慢的、层层递进的过程。可能每天都会产生新的想法，可以每天都去改造一点，客人在不同时间来，会看见它不同的面貌。

孙拥军觉得民宿就是主人生命时间的累积。

在罗曼民宿，孙拥军拥有了自由和惬意的生活，坐在山脚的水池边，听哗哗流淌的水声，沏一杯茶静坐，优哉游哉地看着院子里的小动物们。过去他要管理一百七十多名员工，而现在，他的"员工"是两只黑天鹅、两只小猫、四只小狗，以及无数的鹅和鸡。

他的自由就像他养的两只黑天鹅一样，想去水里就去水里，想在院子里散步就在院子里散步，没有人强求它们一定要优雅地游在水池里。鸡也很自由，山脚下有一个大大的鸡窝，但也不需要怎么照看它们，老母鸡有时候跑山里面去了，消失二十多天，之后又不声不响地领着一群小鸡仔回来了。

孙拥军对狗的感情尤其深，除了那只大型的怕吓到客人而需要拴起来的虎皮加纳利犬，守大门的小宝和满院子跑的小熊都是他收留的流浪狗。小熊精力旺盛，孙拥军开着摆渡车去割韭菜时，它就一路跟车跑。在院子里时，它也没一刻是安静的，要么追猫，要么追鸡，要么跟老黄狗打架——不过那两只高贵的黑天鹅，它似乎是不敢招惹的。

所以当我也坐在罗曼民宿的水池边，看着满目的绿意、自由自在的小动物时，心里便偷偷地将它称作"罗曼庄园"。

3

虽然有在当地酒店行业工作近三十年的积累，但孙拥军依旧保持学习的态度。他兴奋地跟我说，最近发现"抖音"是个好地方，可以在上面看到很多国外优质民宿的案例，学习他们如何布置庭院和房间，如何为客人提供个性化的服务和活动，如何将民宿与当地的自然风光、人文风俗结合、互动等，"抖音"让他获益颇多。

罗曼民宿所在的常山县何家乡，位于钱塘江上游常山江畔，青山绿水交融，历史上名人辈出，人文底蕴深厚。

何家乡的历史，和常山县的历史密不可分。东汉建安二十三年（218），常山始建县，称为定阳，县治就在现今的何家乡。一千八百多年的历史风霜，沉淀成"一部常山史，半部在何家"的辉煌。

罗曼民宿背靠的高塘水库，从高处俯瞰，水汊伸展，形如龙爪。高塘水库的水，就连通着常山江。

常山江，也被称作常山港，位于钱塘江的上游。沿着这条宽阔的江水顺流而下，行过弯弯绕绕的水路五百多千米，就能到达杭州。

八百多年前，南宋高宗时的贤相赵鼎，便是沿着这条水路到都城临安的。

赵鼎是山西人，北宋末年山河破碎，家国不安，他随驾南渡后，有一段时日曾寓居于何家乡黄冈山上一座叫永年寺的小庙。这座永年寺，现在又名"万寿寺"，据史料记载，它是灵隐寺宋代第一任住持的大师祖——罗汉桂琛禅师的剃度受戒之地，因此当地民间一直流传着"灵隐寺的祖宗寺"之说。

罗曼民宿背靠的那片山，就连着黄冈山，青山相依，重重叠叠，绵延无际。这天上午，我就慕名先去爬了一趟黄冈山。山间五月，松柏荫翳，翠竹萧萧，藤蔓蜿蜒，绿意盎然。沿着山中小径拾级而上，溪水在身侧潺潺流淌。爬满青苔的山壁上，时不时有白色的小瀑布如珠帘似的垂落，哗哗啦啦，叮叮咚咚。

林中空气如被清洗过一般，甘冽、清新，阵阵凉风，为我拂去了山外的初夏暑气。

黄冈山并不高，海拔七百多米。但正所谓"山不在高，有仙则名"，我行至半山腰，便看见葱郁茂密的绿色丛林中，掩映着一方明黄色墙壁、黑瓦庄重的庙宇，这便是到"万寿寺"了。

千年的古刹，于深林大山之中，自带一种庄严、沧桑、古朴的厚重感。在寺院旁，僧人们整理出了一大片菜地，整整齐齐地种着青菜、黄瓜、茄子、豌豆等蔬菜，他们用这些食材做可口的素斋，供给前来万寿寺进香的香客。

不大的院落、厅堂内，佛音阵阵，缭绕着淡淡的香火味道，叫人顿时静下心来。

黄冈山上还有一座四贤祠，纪念的便是赵鼎和他寓居永年寺时的好友范冲、魏矼，以及正直的常山县尉翁蒙之。

4

下了黄冈山，我便又回到了常山江边。百里常山江，是常山的母亲河，江水潺湲，碧波轻荡。南宋时期，一个晴朗的初夏早晨，诗人曾几从衢州乘船溯江而上，泛舟江面，不禁吟诵：

梅子黄时日日晴，小溪泛尽却山行。

绿阴不减来时路，添得黄鹂四五声。

这首著名的《三衢道中》，或许道出了几百年来每一个经过此地的游人，看到两岸青山葱郁、田园如画时的欢愉心情。

这一脉碧水，蜿蜒地穿过何家乡，村居像一颗颗珍珠般被如带的江水串成美丽的珠链。两岸的百姓傍水而居，捕鱼、行舟。宽阔的水面，自古就是交通要道，艘艘船只往来于江西、安徽、福建之间，船帆点点，船笛声声，沿江的古渡繁忙喧嚣。往来的官吏、商旅、文人墨客被如锦似绣的风光吸引，也留下如颗颗珍珠般的诗篇。

杨万里在京城临安做官时，就曾多次经由这条水路回故乡江西。《入常山界二首》其中一首是这么写的：

昨日愁霖今喜晴，好山夹路玉亭亭。

一峰忽被云偷去，留得峥嵘半截青。

看得出彼时诗人的心情着实惬意而愉悦啊，那山，那

云，在他眼中都变得生趣盎然、活灵活现了。

除了曾几、杨万里、赵鼎，宋代文人留在这条常山江上的诗词据记载有数千首，这条江因此被赋予了"宋诗之河"的美称。伴随一湾碧水，诗意在这片土地上也流淌了千年。

正是在这样一片浪漫又温柔的山水之间，罗曼民宿静静地等候着远方的客人们。

孙拥军自言罗曼民宿寄托了他的一个愿景，那就是把家乡的这片锦绣山水打造成一个能吸引年轻人来度假打卡，愿意停留驻足的目的地。

如果说以前开酒店是养家赚钱，那么现在做罗曼民宿对于他来说更多的是一份情怀和责任。他希望通过有格调、有特色的民宿为本地引入更多的、持续的流量和游客。民宿餐饮所需的河鱼、河虾、青蛳都购自何家乡的村民，当地的银毫茶叶、蜂蜜、笋干、辣酱等农特产品也通过罗曼民宿这个平台售往各地。如此，何家乡的村民们也有机会通过各种方式参与其中，并且获益。

渐渐地，天色暗下来了，远山层叠，云气如海。钓鱼的年轻人们纷纷起身收拾渔具。有的收获颇丰，心满意足；有的颗粒无收，垂头丧气。

　　我也从水坝上往回走。在丛林间的小木屋前，看见连片的无尽夏静静地开成了蓝色花海。草木葳蕤，初夏的傍晚，潮湿的空气染上了一丝凉意。天空的颜色变幻成蓝丝绒般的神秘深蓝，幽暗的树林里，小木屋亮起橙色的灯光，温暖的，缱绻的，梦幻的，我好像一脚跌入了格林兄弟笔下的童话森林中，在这个浪漫的夏日夜晚。

陪花再睡一会儿

彤弓山居：古树丛林，闪亮的日子

吴卓平

　　等二十四节气里的立秋一过，暖暖的秋阳便将这些村中老屋统统唤醒了。家家户户，在屋顶、院子、窗台、露台上搭好长长的木架，再搬出一个个圆圆的竹匾，齐刷刷地开始晒秋。

村是古村，树是古树。

　　如果能够以无人机的视角来鸟瞰彤弓山村和山林，想必最震撼人心的，应是肆意铺展的绿色浪涛，那种大气与磅礴，太冲击人的视觉，仿佛一下子要把人湮没。

　　相比于林中穿越，这是一种完全不同的感觉。行走于山林，常常会感觉自己像一尾游鱼，真切而实在。你可以触

摸那长满苍苔的树干，或是一片片鲜活的绿叶，嗅一嗅树根旁默然开放的野花，甚至和一块有禅意的石头，彼此展开对话……

而飘浮于山野之上，你会觉得自己只不过是一粒微尘，于时间与空间的双重维度中，感受到一种奇妙的渺小感。

1

彤弓山村，距离常山县城约半小时的车程。小山村坐北朝南，左拥青龙山，右环白虎山，一条清澈的龙绕溪穿村而过，环山面水，山水灵秀。

村庄的地形呈弓字形，山环成弓，水流似弦，古桥如箭，蓄势待发。

由志书上得知，"彤弓"，即"红色的弓箭"。彤弓一词，最早出现在近三千年前的《诗经·小雅·彤弓》中，这首诗描绘了周朝天子以彤弓赏赐给有功诸侯，并宴请群臣的生动场景。

相传西周时期，徐国国君徐诞在开掘运河时，挖出了一副"朱弓赤矢"，即"彤弓"，天下人都认为这是祥瑞之兆，东方各诸侯国遂推举徐诞为偃王。宋代末年，徐姓的一支由龙游灵山迁居常山，其始迁祖徐国镇任掌兵副千户之职，为纪念先祖"天赐彤弓"的传奇事迹，他专门建造了一座议事大厅，命名为"彤弓山舍"，彤弓山村也由此得名。

小满节气的那个傍晚，我来到彤弓山村。小桥流水，古树斜阳，一切都是美好的样子。且不说天蓝、山青、草碧，枕溪人家的恬淡适宜，也不说曲桥、栈道、牌坊、青砖，粉墙黛瓦的幽雅安静，单单是这古树林的秀美壮阔，已然摄人心魄了。五百余人的小小村落，仅古树林的面积就达十八亩，百年以上的古树达一千零五十棵，有樟树、枫树、苦槠树、椿树、槐树、松树等数十种。

村中文昌阁前那棵被誉为"树王"的苦槠树，至今已有八百多年历史，被称为"华东第一苦槠树"。更为难得的是，这些古树不是统一种植于后山之上，而是错落分布于村庄之中。村民房前屋后，抬头推窗，均可见树。

村在林中，林在村中。

彤弓山村也因此成了衢州人口口相传的"古树村"。第一次来到这里，我惊叹于古树林的绝美，以及彤弓山村"惜树如命，护树有责"的淳朴民风。闲逛中，偶遇了几位在凉亭中歇息聊天的老者，可谁也说不清楚，是这个村庄跟着古树长大的，还是古树跟着这个村庄长大的。我忍不住猜想，或许是一路漂泊的彤弓先民们，蹒跚着走过一个又一个地方，终于，在一个天高地低的地方看见了一棵郁郁葱葱的大树，他们静心思谋，既然这里长着这样一棵大树，那么脚下的土地必定是一片沃土，只要辛勤耕耘劳作，就一定能种出秆壮穗大的庄稼，在这里安家，也一定能过上丰腴的日子。

于是，彤弓的先民们就在大树底下结庐而居，刀耕火种，繁衍生息。一个小山村就此在大树的绿荫下诞生了。

2

我对于小山村的感觉，应该叫作一见钟情吧——被郁郁葱葱的树木包围，整个村庄好像落入森林中的平行时空，世上已千年，而这里依然定格成一幅宁静悠远的山居画面。

而在这幅水墨画中，有一处白墙青瓦的所在，掩映在苍翠的古树林中，这正是我此行的目的地——彤弓山居，也是我这几晚入住的院落。

山居的主人叫黄勇，从小在彤弓山村所在的同弓乡长大，后来去大城市打拼，做了二十多年的服装生意，如今，回乡经营起民宿，服装生意倒成了第二职业。他说，待在这里就再也不想离开了。

可是，选择经营民宿就注定选择了一条折腾的路，五年前，他租下村中几处破损严重的老房子开始改建，从民宿的设计到落成，全程在场，也将所有的积蓄投了进去。

他还从外地搜集来一座徽派老宅，搬回村内仔细地修复、还原，工程十分复杂，他就整天扎在工地上忙前忙后，至民宿建成，整个人瘦了十多斤。

营建民宿的那些日子，他每天忙到很晚才回家。在他的回忆之中，有一个最难忘的画面。

"记得有一天，天已经黑了，田间传来蛙鸣蝉噪声，路灯发出暖黄色的灯光，我一个人穿过安静的村子，远处忽然亮起了一道车光，我抬头一看，妻子的车竟然停在路口，那一刻，我似乎找到了所有问题的答案。"

历经三年的打磨，民宿终于建造完成，作为村中第一家精品民宿，彤弓山居因其独具古韵的村舍院落和居住体验感，吸引了更多的人来到这个小山村。黄勇说，小小的古村有了人气，越来越美好，自己的梦想也算实现了。

山居的院子中，还有一棵五百多年的苦槠树，枝繁叶茂，端正有方，树冠架在空中，是一天然凉棚，即使是炎炎

陪花再睡一会儿

夏日的午后，依然能留下一片阴凉。当阳光透过叶子的罅隙洒下来，微风吹响挂在树梢的风铃，这些美好的点滴，也构成了山野生活中令人会心一笑的瞬间。

彤弓山居，以村庄的名字命名，也注定了这处院落与这座古村的气质一脉相承，美好且悠长。

3

作为山居的主人，黄勇凭着一股子热忱与激情，在这里创造出一片桃源净土。而当初，也有不少亲戚朋友反对，他们无法理解，如果在城里投资酒店，收益远比这儿好，为何要坚守这里？

黄勇一意孤行地坚持着。不同于其他民宿，他的民宿是村舍，是村落。在这片"小社区"里，来的人都能成为它的主人，成为村落的一分子。在这里，不仅能交到一群朋友，还能与志同道合者一同体验"进则江湖，退则田园"的山居生活。

他告诉我说，数百年来，彤弓山村始终延续着"耕读传家"的传统，因此自己把民宿设计成了四个院落，分别是主打农耕文化的农舍、书香文化的书舍、喜庆文化的喜舍、禅

修文化的禅舍。

一房一主题，一院一世界。

其中的"禅舍"，便由黄勇所搜集的一整幢徽派古民居细致修复、还原而成。斗拱飞檐，雕栏画栋，内部是木架构天井，保留了建筑原本的面貌。

"我认准'慢工出细活'这个道理，所以，彤弓山居的建设速度一直不快，因为一直都在完善细节，每个院子，都要磨到满意才会开放，希望能给客人提供最好的体验感和舒适度。"

正因为如此，为了保证房与房、人与人之间的尺度、私密性，还有民宿居住的最佳体验感，黄勇宁愿舍弃利益的最大化，每个院子皆只设了三四个房间，剩下的全部都用来做功能区，充分地满足人们对绿树茵茵、流水潺潺的庭院生活的向往。而对旧时村居生活的眷恋，则让黄勇四处搜寻来许多老物件，摆放于民宿之中，满满的儿时回忆，用以寄放属于自己的乡愁。

宅子里的家具也是老物什，让人感觉穿越了时光一般。不妨想象一番：每日清晨，打开雕花木窗，山间的风吹来，携带着山野特有的清香；或是捧一杯茶，坐在古朴的院子里看看书，阳光打在身上……想必是舒服极了。

"你看这里庭院幽幽，楼台野色，有半卷闲书半壶茶的慢生活，也有白墙黑瓦的老房子，有青山，有小河，有古树。很多客人告诉我，来到这里，总会有一种莫名的心安和踏实。"

4

山村有很多宝贝，有古树林，有古祠堂，有古街，有琼奴与苕郎的爱情传说，有琼苕戏，有银丝贡面，还有晒秋……

黄勇恨不得把山村与山居的一切都告诉我。"进来了就是彤弓人"，尽管从小在邻村长大，但他已然把自己当作彤弓山村的一员，既然来了，此处便是吾家，家里的宝贝自然好，忍不住为它广而告之。

"今年秋天，你再来一趟吧，晒秋是整个秋天彤弓山村农家人最后的工作，堪称一道风景。"

听着他的生动描述，我确信，常山最美的秋天，应该就藏在这个小山村遍地斑斓的丰收色彩中——

等二十四节气里的立秋一过，暖暖的秋阳便将这些村中老屋统统唤醒了。家家户户，在屋顶、院子、窗台、露台上搭好长长的木架，再搬出一个个圆圆的竹匾，齐刷刷地开始晒秋。

枝头摘的，山中采的，园里种的，地头长的，赶上什么就晒什么。黄的玉米，红的辣椒，紫的茄子，绿的豆角，还有南瓜、芝麻……一年一年，循环往复，彤弓山人恨不得把整个秋天的收获都晒出来。"如果你秋天来到这里，一定要站在村子中心位置深呼吸几口"，那漫山遍野作物的芬芳，沁人心脾，在空气中盘桓着，仿佛万物同太阳之间那亘古悠长的呼唤和应答。

在立秋的诸多民风乡俗之中，晒秋是彤弓山村最具仪式感的一项民俗活动，也是小山村的一幅丰收图画，更是喜悦，是富庶，是妩媚，是热辣。村民们往往日出晾晒，日落收藏，有什么晒什么，晒的都是他们劳动的成果，丰收的喜悦。

常山本是一座"鲜辣之城"，常山菜的里子和面子之中，都写着鲜与辣二字，总是充满了无限的可能性。因此，晒秋中最浓烈的一抹色彩，当属红辣椒。在黄勇的记忆之中，坐在长凳上切辣椒的村民，往往会将两三个辣椒并拢按在菜板上，一刀刀切下，辣椒圈逗着籽儿堆成小山，像一枚枚红扣子，水滋滋、鲜润润，空气中瞬间激荡出一股辣辣的气味。至于最明亮的颜色，则要数野菊花了。这种长在山野田间的小花，被村中农人们随手采下，然后一朵一朵地细致地码在簸箕上，如同一颗一颗小太阳，夹带着山野秋天特有的清香。山里人喜欢把晒干的野菊花泡成花茶，入口有丝丝苦味，香且润，是一种质朴的滋味。

"你看看，晒秋这个词里充满了温度、殷实，还有勃勃的生机。对村民来说，好日子是过出来的，也是晒出来的。"

我深表赞同。昔日彤弓先民们眼中的膏腴之地，如今不仅矗立着一株株苍天古树，更生长出丰腴的日子。那些鲜活的色彩和味道，皆沉淀在一个个五彩斑斓的簸箕里，和淳朴的面容一起，在天地间坦诚，无论岁月变迁，都安然自适。

把每一份土地与自然的犒赏晒干珍存，平凡的生活便也会随之闪亮起来，也因此，日子有了所盼。

5

让黄勇一脸骄傲的还有当地的美食。

菜园里的菜，溪中的鱼，林间的山货，还有用山泉、谷、饭和各种菜叶等天然饲料喂养长大的走地鸡……

他说，这才是真正的原生态。

村里还有一条长约十千米的森林绿道，可步行，也可骑行，换一个速度和角度，便能发现古村小巷那份独特的人文魅力；

龙绕溪边草木葱茏，负氧离子浓度高，是晨练、散步的绝佳场所；

闲来无事，还可以乘着皮划艇漫游河上，或是在河边垂钓；

村庄周边还有现代农业示范园和胡柚种植基地，到了瓜果成熟的采摘季，可体验一番采摘的乐趣。

…………

黄勇说，来到这里，一切都会变得纯粹，所有事物仿佛都回归本来的样子。

的确，我住在山村的几日，随时随地可与一株古树、一朵小花相遇，也可以遇见一缕山风、一条小溪。

山中日月长，一日当两日，治愈极了。

伴山源居：山谷里的风一直在吹

明　宇

　　"村里人没有懒觉，我有时候早上起来炒几个菜，拉着村里年龄较大的几个老人家到民宿里来玩牌，九十多的，八十多的，再加上我妈，耳朵都听不清楚，赢就让他们赢啦。"

　　明明已经离开了常山西源村，回到北京，可每当我闭上眼睛，耳边传来的，似乎依然是那满山谷里的风声。

　　浙西的山不高，谷却很深，夏天的风顺着山尖的树梢一路而下，带走叶片多余的湿气，风拂过石间的山泉水，带上凉意，一股、两股、三股，合在一起，吹入闭着眼的画里。

　　对于在北方待久了的我而言，这里的风完全不同于北京

　　　　　　　　　陪花再睡一会儿

的风那般凛冽呼啸，却也不过分秀气、温柔。

呼，呼，呼……刚好够吹鼓追风少年的外衣，迎着风威风凛凛，添了气势，散了忧郁。少年一个人也不孤单，山谷里蜂鸣鸟叫水流树摇，从来不安静，以至于旁人说话的声音都小了很多……

"我从小在这里长大，小的时候没见过北方的杏子，钻进山谷的树林里摘到两个大白杏，像是孙悟空拿到了蟠桃，猪八戒吃了人参果一般！快乐得很！"哦，是汪大哥在旁边兴奋地说着。

汪大哥，1971年生人，伴山源居的主人，早年出外经商，前些年回到了这个能给予他宁静和自由的西源村。与其说是西源村给了他力量，不如说是他在与村子的共建共生中获得了无尽的羁绊。

而最开始的羁绊，是红薯。

"我是家里的老幺嘛，从来没饿过肚子，家人有好吃的也都给我。红薯干是我小时候吃过的最好吃的零食。"

因为向往小时候零食的美好味道，他开始做红薯干，以一己之力"提高了当地红薯的附加价值"，村里红薯干的收购价格，从一斤十二元一下子蹿到了一斤二十八元，还因此上了央视。

随着羁绊的逐渐加深，2021年，汪大哥将民宿投入了运营，用他的话说，这伴山源居注入了他的灵魂和爱意。

当然他也没让最喜欢的红薯干闲着，把它加入了民宿生活体验的列表之中，民宿的客人们可以跟着他，在厨房里体验红薯干烤制的十三道风味工序。

他对自己家的民宿颇有想法，"要有风格"，这是他认为的最低标准。

"民宿的设计图纸还是我自学CAD画的嘞。"

四层的小白楼，全都由他自己设计。顺着楼梯，他带着我们一间间看过去，房间呈精致的日式风格，每一间都是看得见风景的房间。当然，风景各有不同，这一间推开窗户是远山、田野、老樟树；另一间见闲亭，溪水沿石阶奔流；再一间见小黄狗在村中小道上仰卧打鼾……小小的村子，视角变得丰富且有趣。

西源村依河和山势而建，一条路贯通，水系相伴，通向常山最大的水库。民宿的小院后门刚刚贴着门前河，窄窄的石板路一溜儿铺开在田地和小河中间。顺着石板往前走，田垄上居然摆下了瘦瘦的凉亭和矮石凳，这可是山谷田间发呆

的好去处，深谷绿荫有遮蔽。

开阔的田地尽头，枝干盘曲的老樟树下有一座小庙和两三间青瓦矮房，白灰墙上勾画着夫子和学童们互作揖礼，老树遮阴，树风不断，耳边仿佛传来琅琅读书声。

"书读得多也不知道是好还是不好哦。" 汪大哥总会冒出来一些有趣的话头，这么一句别有一些社会思考，带着"书读得多的人总是知道书读不尽"一样的文人忧虑。汪大哥高中文化，从城市返乡的一开始，便负责着村里的文职工作。

他像西源村的景一样，在它文明的城市面貌下有着些乡野山里人的倔强。他领着我们溯溪而上，一边沿着山边绕村子，一边细数历史，外加自己的想象和评论。

"小的时候没有通电，晚上想看书就点上煤油灯，早上起来两个鼻孔一团漆黑哟，嘿嘿。"

"村里人没有懒觉，我有时候早上起来炒几个菜，拉着村里年龄较大的几个老人家到民宿里来玩牌，九十多的、八十多的，再加上我妈，耳朵都听不清楚，赢就让他们赢啦。"

"我们这个村子都是山嘛，夏天很凉快舒服的，你听这个风。"

…………

138

我停下脚步听，汪大哥去厨房找厨师帮我们做几个菜，窸窸窣窣地跟阿姨们说的话又听不清了。这次来常山游玩之前，我已在北京工作生活了数年，因此我深知，在大城市里可不太有这样能顺畅地隐去旁人话语的风。

城市里的一场自然风，信息太多，要穿过高楼的玻璃屋顶、过街天桥的扶手缝，卷上尾气的味道、邻居家的热炒饭菜味道和来不及被料理的树木上的灰尘，最后坐到你的身边。好累，它微弱地说，你也根本听不见它的来临，炎热的夏季很久也等不来风，只好打开风扇，让人造风强势上线，突突突突，快速降温，把你拉回现实。

小时候夏天的午觉，我躺在凉席上翻来覆去怎么都睡不着，姥姥会在旁边轻轻地说："闭上眼睛，听，风来了。"

乖乖地合上眼睛，过了不到半分钟，柔柔的风果真来了。现在回想，多半是她手上竹扇生的风，带着亲人的愿望，让城市里的孩子睡好一顿思绪漂浮的午觉。

我继续闭着眼睛听着，这山谷里的风会不会也偶尔想当当城市里的风。不可能，风要是不自由自在，那还叫风吗？

"不好说哦"，汪大哥从厨房回来了，"我在城里面住的时候觉得，这个城市好大，大家互相都不认识，也不知道

你在做什么，有没有钱，走在街上，也挺自由自在的。"

自由，自在，随心所欲，想干吗就干吗，怕还是有很多区别的。所谓六十而耳顺，七十从心所欲而不逾矩，古人的自由总是在规矩里，或者说是游刃有余更为恰当。

自在就更难得。拥挤的车厢，旁人的目光，酒桌上的觥筹，顾及同事的情绪，提防街上的醉汉，处处是别人，难有自己。吾心安处是我乡，是多少城市异乡人的自我规劝。山谷里的风裹上身，给了城市人自我的空间。

"虽然有的时候也会孤单，但我还是喜欢住在山里啊。" 汪大哥的女儿在城市上学，赶上中考，做父亲的帮着盯了好一阵，完事又急忙赶回村里打理自己的民宿。

就好似这山里的风，一趟一趟地从山谷进入田地溪水里，飞起来打几个旋儿，从山尖瞭望远村的风景，再转一个圈打转儿回去。

跟着汪大哥绕着小村走了一周，回来再次看到他的独栋小白楼伫立在村头，竟平添了几分亲切熟悉之感。明明是高级日式榻榻米风格，因带上汪大哥的灵魂滤镜，硬是在我脑袋里被赋予了乡村宋代文人隐居所挂的牌匾，有趣有趣。

"民宿要经常有人住的，长时间不住、不打理就没有灵魂了。木头腐了，杂草长了，床品返潮了，民宿的体验感就差多了。哪怕新冠肺炎疫情期间客人少，我自己也要长时间住在这里，时不时打理一下。"汪大哥一边说，一边顺手整理院门口的椅子，拉出来一张，面向小溪摆好，让我坐下。

我挂在椅子上摇摇晃晃，不想走。汪大哥说："不如留下来住一晚？晚上我亲自炒菜，我们接着聊。"

我摆摆手，表示要接着赶路。城里人呀，只好先在梦里想想那山谷的风。

紫云山居：心安之处，与花缠绵

紫含

> 如果没有种种对世界和人的体验，没有瞬息万
> 变又仿佛永恒的情感体验和感觉，"我"的意义又
> 在哪里？

1

在紫云山居大厅一面靠墙的书架上，我取下徐锦文的《京剧冬皇：孟小冬》，偶然的。

这是2012年出版的"非常人物之非常记忆"系列丛书中的一本，该丛书撰写的人物涵盖中外近当代艺术界、科学界、文学界、体育界等知名人物，戏剧界人物还有中国的梅兰芳。

这本书让我想起最近一个月在读的赵珩的《逝者如

斯》，喜爱戏剧的他写了数位热爱京剧艺术的学人，作为延伸阅读，我买了梅兰芳的口述自传《舞台生活四十年》，不承想，在这个山居民宿，居然偶遇与梅先生羁绊一生的"冬皇"孟小冬。

不免唏嘘。

我坐下来翻阅，却不时被窗外的景色吸引。山居里一片寂静。民宿一面靠山，一面对着山，对着山的那一面，大大的落地玻璃窗外，满目青绿。夜晚下了一场雨，此时雾气正在聚集、飘移，如果凝神看上几秒，你会发现，雾气的飘动不但快速，而且瞬息万变，无从描述。

整座山都是绿的。浓荫之中，一条深谷往山下延伸，白色的山涧水流淌其间，发出轰隆隆的肆意的声响，真有点惊心动魄。然而即便如此，清晨六点，从山居民宿的三楼青果房间醒来，立于阳台，清晰的鸟叫声依然此起彼伏。雾气从进山的垭口弥漫过来，不一会儿就掩盖了整座小楼，将我站立的阳台完全笼罩，猝不及防地，我，站在了仙境。

铺天盖地的雾，轻薄的雾，飘移的雾。雾气将眼前的那座山拉近，我一伸手，仿佛就触及了山上的树叶，我一甩手，水珠纷纷落下，汇合到山谷里，哗哗地奔腾而下。

陪花再睡一会儿

目光追随着往下望去，会看见一大片绿色中白光闪闪，仿佛树木枝头开满了朵朵白花。

那是胡柚林。

老板说，山风和雨水将胡柚的叶片翻起、打湿，泛起白光，很多来这里的人，都以为是胡柚开花了。

这一带，是常山胡柚种植地带，围绕着紫云山居，大约有四千亩胡柚林。每年春天，胡柚花盛开，山上，山下，山谷里，到处都是胡柚花特有的清香，山里幽静，花香就那样整日整夜围绕你，追随你，浸染你，恋恋不舍。

这是江南的五月。花期已过，端午将至，雨季持续。这是一个让人脆弱的季节，整个城市浸淫在阴郁、沉闷、潮湿的空气里，使人觉得黏腻、不干净、疲惫，而在山里，这一切都消失了，只剩下初夏雨后沁人心脾的清凉。

2

已经记不清去过多少这样的山里寻找合适的民居了。紫云山居的改造者不无感慨地对我们说。

有人把开民宿的这些人列为有情怀的一群人，是"诗和远方"的代言人。在莫干山、凤凰古城干过八年民宿的紫云山居管家洋小阳直言：民宿，总会让人一次次离开，又一次次回来。

紫云山居的清晨，万籁俱寂，雨水轻轻地浇灌着山林，山林的叶子柔嫩得一碰即破。空气纯净，九点，太阳出来了，一些明亮而晕染的颜色，相互碰撞着落向山林、峡谷和那栋独立的白色三层楼房，落向楼房前新挖的游泳池。一只青蛙，自在地在水里游泳。

四野无人，整个世界簇新如斯。

管家洋小阳和老板带我们去民宿后面山上的自然村。几年前，这个村迁移到山下，留下几栋废弃的破败的黄泥老屋，一棵千年古树，千亩寂寞生长的胡柚林。

老板说，这个地方，他找了好久，很小的时候，就听说这里有千年古树，有紫云洞。但做民宿之前，来的还真不多。

我们经过那些摇摇欲坠的黄泥老屋，有一两栋还有人来过的痕迹，堆着几天前砍下来的胡柚枝条。有一栋，墙根处长着很大一片枝干挺直的植物，枝干上每一处叶腋，都开着一朵紫色的小花，花朵太旺盛了，紫色太艳丽了，倒越发显出废墟的荒凉来。

云雾弥漫在山间，那棵2018年挂牌的号称有一千年树龄的青冈栎，像一棵静默不动的仙树。我们站在树下，往下望去，虽紫云山居就在山下，然目光所及，只有云雾。而此地，海拔不过六百多米。

洋小阳说，这景象，她也是第一次见。小阳是紫云山居的大股东，是个湖南妹子。在简单的交谈里，这个瘦弱的女孩显露出不一般的经历：喜欢旅游，因为喜欢旅游，爱上民宿，旅游生涯始于十几年前，走过了大半个中国，以西部为主，喜欢悠游于雪山、草原和森林。在凤凰古城待了八年，做民宿，来紫云山居前，在莫干山。

一次次离开民宿，又一次次回到民宿。说这句话的时候，洋小阳笑意盈盈，眼里是欣喜和满足，而我却心有戚戚，因为刚刚听到的故事，并不那么诗意和美好。她的民宿经历，堪称坎坷，在凤凰古城，她做清吧，刚开业没几天，一直悬而未决的古城景区收费一锤定音，游客锐减，那是2013年的春天。

几年后，她攒下一笔钱，盘下一个早就看好的民宿，没承想那一年湘西发大水，水位急涨，漫过沱江，一夜之间，民宿被冲得毫无踪影。

她转身去了莫干山，依然做民宿，只不过，那不是她自己的民宿，是做一家民宿的管家。那是2021年，离她来到紫云山居还有一年的时间。

我问，为什么？她过得这么难，新冠肺炎疫情两年了，早在前几年，民宿行业就已陷入冰点，何况离开凤凰古城后，她整整休息了半年，在家什么也不做，但为什么还要从事民宿工作。

因为做过民宿，你才知道，民宿不是你想象中的那样，民宿真的不赚钱，充满不确定性，但民宿带来的比失去的可能多得多。小阳这样回答。

我相信她说的"多得多"，肯定包含我们无从知晓的生命体验，那些独属于她个人的经历，造就了现在的紫云山居管家洋小阳。对于一个有着自己的坚持、自己的理想生活的人来说，你想投入世界的怀抱，就必须以你的方式接近世界。

遇到紫云山居前，她刚离开莫干山，被公司派驻到西塘的民宿做管家。从西塘出发的起因很简单，紫云山居的管家受不了大山的寂寞，辞职了。

离开故乡，不断寻找，或许就是以异乡的陌生一次一接近心神的方式，进入民宿，经营民宿，也许就在于感受，感受不同的人，不同的景，不断遇见，又不断分开。

如果没有种种对世界和人的体验，没有瞬息万变又仿佛永恒的情感体验和感觉，"我"的意义又在哪里？

3

有人说，在城市里待得越久，一个人的社会属性就越明显，只有不断走进自然，人的自然属性才能一点一点地显现出来。对洋小阳来说，紫云山居也许就是这样一个可以寻找自我的地方吧。

2021年，冬日的一天，她下了高铁，打了一辆滴滴顺风车，车到的时候，她问司机："这个地方比较偏，你知道不？"

"知道啊，那个民宿，去年我带两个杭州小伙子去过那里，说是设计师，去设计的，太巧了，这是第二次去，带的是个管家。"司机容光焕发，挺直了南方青年硬朗瘦削的躯体，热烈地向她介绍沿途的青石和植物——胡柚，那是常山人的骄傲吧。

一路上都是胡柚，就连马上进入的民宿也被胡柚包围着，房间的名字是胡柚：团圆果、青果、红果、雷果……一

共十间房，用的全是胡柚果实的名字，房间窗外是胡柚，山谷里是胡柚，去往山坡的小路两边是胡柚，接待她的主人拿出来的是胡柚，厨房里的羊肉用胡柚皮炖着，喝的饮料是胡柚汁，就连感冒了，女主人也只是轻描淡写地说一句：吃个胡柚就好啦！

那一个月，小阳每天傍晚去散步，沿着河岸、公路、山坡小路。冬日的黄昏一下子就过去了，她窝在大厅里整理第二日住店客人的信息，一一通知他们山里冷，要多带几件御寒的衣服，山路弯曲，但也不长，提醒客人注意行车安全，询问餐饮习惯、口味，等等。有时整座楼只有她一个人，但她没有觉得害怕。"我，是一个耐得住寂寞的人。"她笑着说。

她是真的享受这份清寂吧，新冠肺炎疫情来临，她回老家过年，再回来时，胡柚花刚刚盛开，她见识了香气缠绕的每一天，身份也悄然地发生了改变，紫云山居，是她的了。

我们也享受着这份清净与幽寂，享受着初夏雨后空气的清新。清晨六点，我沿着山居民宿的公路往前走，一路听山溪怒吼，想着小阳说整个民宿用的都是山泉水，不禁抬头寻找山溪的起点，可惜终究是徒劳。我在山里走着，除了山色、溪水、云雾和远远近近的鸟叫声，再无其他。自然如此

陪花再睡一会儿

阔大，仿佛这条路一直走也碰不到人，但路边的溪水、野花、山林告诉你，你不孤单。

4

紫云山居门前的公路往前延伸，就是江山地界了。离开紫云山居时，我们特意往前开了一段，到达一个叫池茶村的安静小村庄，这里已经是江山境内了，再往前，就是有着六百多年历史以经商办学扬名的江山大陈古村落了。

空气清新，野花盛开。山野里不时出现几棵高大的开满毛茸茸的条状花的大树，朋友说，那是野板栗树。到处是野板栗树，到处是这个季节特有的山栀花。我们经过一些小村落，看见村里家家户户都种着花，一株一人多高开满白花的山栀花引起了我们的惊呼。山栀花，永远是属于童年、属于少年的花。

五月的山野带着特有的饱满情绪，热闹、厚重、广袤，那些率真而具体的生命力，次第展开，犹如一卷长长的画轴。岁月悠悠，千古如一。

在紫云山居，你的确可以看到这种自然的野性之美，山居民宿改造前是一栋框架结构的水泥房，改造过程中没有破坏原有的楼层和构造，只是在外墙和整体上做了更现代化的改造，留出了两个大大的露台，让住宿的客人可以更加接近绿色。我拍了一张被胡柚树和山林包围，露出一个角落的白色阳台的照片，发在微信朋友圈，朋友们震惊了。我称：这是安藤忠雄的阳台。

和自然近一点，再近一点，甚至，就将整座建筑、整个人融入所在的自然环境，这，是人类居住的最高境界了吧。

朋友说，不知道从什么时候开始，见着废墟会莫名心动。在树下，我们会觉得心安，好像被庇护一样。

想起清晨在紫云山居大厅里取出的书，封面上写着对这位京剧传奇老生孟小冬的评语：台上台下，她游弋于男女两个角色之间。

我想，毅然离开家乡留下来的小阳，或许也是这样的一个人，游弋于现实与理想之间，在迎来送往的等待中，一边打理着庭院、房间的角角落落，一边看着落日的余晖洒进山谷，金色的晚霞落满西窗，一天慢慢地结束了，新的一天又将开始，他们的民宿，谁正在走来呢？

黄寿客栈：桐花深处，人间好时节

松　三

　　如今，挨得近，去得更勤。无事需要外出时，
琚美红便在山脚下，和山一同消磨大把大把的时间。

1

　　花瓣在风中簌簌往下落，落一地白，有时落在发上，有时落在肩上，有人摊开掌心，待它落入掌心，然后托着向前走。来往的车，带起一阵又一阵风，风吹落花瓣，花瓣轻飘在车顶，被带向更遥远的地方。

　　五月桐花季，来到黄冈山脚下，便怔住。白色的桐花开满一树一树，近的在路边，远的在远山。鸟鸣四起，却盖不住花开的声响，那么绚烂。花开起来，是会有声响的。响彻心扉。

琚美红坐在山花烂漫中喝茶。

一座小院落，院落中有一座小凉亭，亭中有石桌，桌上搁着茶具。凉亭外，一个小池塘，池塘中三两大石，石上凹处有水，种着石菖蒲。

琚美红与他的名字不大相称，他皮肤黝黑，面色沉静，坐在那里不动时，面容有六分威严。

我说，长得好好的石菖蒲。

太太周芸笑起来，说，都是他自己折腾的。

夫妻俩的院落，取了个古朴的名字，叫黄寿客栈，坐落在浙江三衢国家森林公园里的黄冈山。这座黄冈山，位于浙江常山何家乡，与江西三清山同属怀玉山脉。黄冈山虽不如三清山远近闻名，却有"三清山的母亲山"之称。

五月的黄冈山下，游人如织。

客栈的侧门外就是通往黄冈山深处的小路，不时有身影轻掠过小门。我们坐下喝茶，有时候，会有游客探头向小门里张望，门楣上的桐花枝在风中摇曳，琚美红便会招呼那些花下人进来坐坐。有时候是熟人，那便更自在了，进了门，走向亭子，喝茶，聊天。

琚美红惯用乡音招呼人。熟人嘛，说起来也放松，就如他说，回到这里，是落叶归根，心在归处，静下来，便可在院子中坐上一整天。

琚美红的老家，在不远处。他说，母亲还在老家，现在空闲时偶尔过去看一看，很方便的。偶尔聊几句，他便又低下头来喝茶。显然，这个肤色黝黑的男人并不善于闲聊。

<h1 style="text-align:center">2</h1>

我说，一起走一走吧。

琚美红倒爽快，说，好。

从小门出，沿着那条窄窄的柏油路向桐花深处走去。

我说，这么美的地方，倒是不太出名。琚美红叹气，说，目前整个黄冈山脚民宿只他一家。附近的几家，都还是农家乐，只用餐，不住宿。这么美的地方，琚美红觉得可惜。

琚美红家的祖宅不远，却不属于本村，但他是把此处当作自己的村庄来看待的。他说，希望村庄中的民宿多长出几家。他心焦，但似乎又有些无奈。

有穿着工人服的人迎面走来，他们互用常山方言问好，他问一些日常，我听懂二三，大约是做了什么事，遇到了什么问题。我想，这也许是他散步的日常。穿过村落，遇见村人，三两话语，都是日常。他是生活在这里的。他说，每日的清晨和傍晚，他也常来走一走。

我们走向不远处的湖。湖是一个水库，需沿着堤坝旁陡峭的路往上走。我们走得很慢，看游人们喧嚣四起，声响落在湖两岸的桐花丛中。桐花叶片大，花是白色的，一串串开起来，烂漫无边。这里的桐花树已长得很高很高，树干古老，花却天真如新，拥有《诗经》般的气质。

《诗经》底下生活着的人，是朴实可爱、直接爽利的。

琚美红的话匣子打开了，他说，他是有仇报仇、有恩报恩的！

我说，报什么仇？

他答，年轻时受人欺负的仇。

琚美红说自己是个暴脾气。幼时的琚美红家境贫寒。他念不起书，十六岁离乡做生意。做什么生意？什么都做。玩石、工程……十八岁，回乡报仇。他说话掷地有声，说有仇报仇、有恩报恩。

话又说回来，现在人生无仇，因为人生过去就好了，自己体会过，便知人生都有难处，都可理解。他说，人欺负人时，有时是利益之争，有时仅仅碍于面子。懂得了，才能退让，但需要时间，让时间来抚平一切。

不知为什么，他这样一说，倒感受出他的温柔来。

我问他，这桐花一直有吗？

他摇摇头，不是的。

那时候，琚美红还小，除了游玩，还会到这山中砍柴。山上的树木被砍得光秃秃的。如今不一样了，大家生活富足，看花赏玩，不再是连自行车也买不起的曾经。

如此，桐花下的琚美红，已被时间洗练了一遍。洗去那些冲动的、暴烈的，留下温和的、沉静的，曾经快意恩仇的少年，回到山下，已成为沉静舒然的山民。

3

黄冈山下的湖，当地人称乌鹰坞水库。一个有些特别的名字，不知是山似乌鹰还是曾有鹰类飞过。我想，可能要用常山话念。

在常山这样多山野的县域，山川、河流，大多朴素寂寂，没有来由，也无多历史的凭证。

但黄冈山不一样。黄冈山上有座万寿寺，虽只有一两个主事的和尚，庙宇难免凋敝，但当地人虔诚，寺中香火兴盛。直到今天，当地人逢年过节皆要上山拜祭，祈求美好的愿望实现。还有一些从当地走出去的商人，有时会运送过来整车整车的香火。

在天气好的日常，也有人隔三岔五上寺中吃素斋，顺道给寺中送些吃食，如豆腐、青菜。

琚美红也常携家带口给庙宇中的师傅送吃食上去。前往黄冈山和万寿寺，是常山百姓的日常。

小时候，琚美红是常来的。春游时，爬黄冈山。那时候，山下还没有现在沿着山脚修缮的宽阔游步道，只一条小野路靠在湖边，弯弯曲曲，小朋友们排成一队，叽叽喳喳地向山上爬去。出去闯荡后，琚美红回家过年过节，仍不忘陪同长辈上山、进寺、拜祭。

不善言谈的琚美红，只说常常去，关于那些记忆的温度，他很难描述。但他回乡来，把家安在山脚下，那些潜藏的记忆，一定深刻在心底吧。

如今，挨得近，去得更勤。无事需要外出时，琚美红便在山脚下，和山一同消磨大把大把的时间。

琚美红问，可以写一写万寿寺吗？他说，印象里，据说一位宋代宰相曾在万寿寺中办公。

如果查一查，就知道，万寿寺颇有历史。从地理上看，万寿寺为浙江海拔最高的寺庙。南宋时期，杭州灵隐寺第一代住持的大师祖罗汉桂琛禅师在这里剃度受戒。因而，也有人将它称为灵隐寺的祖宗寺。不知桂琛禅师年少时是否也像琚美红这样从桐花树下走过？如果走过，那么这位禅师在想什么呢？

在历史的记载中，这位桂琛禅师"幼卓越，绝酒胾。见万寿寺无相律师，即前作礼。无相拊其首曰：若从我乎。乃欣然依随之。父母不逆也。年二十余，即剃发为大僧。"

万寿寺的历史，其实比桂琛禅师更久远。

这座山寺始建于唐大中十年（856），位于容车山下西五里，因而最初被称为容车寺，据说由唐宣宗李忱赐额。至北宋大中祥符六年（1013），"赵鼎、魏矼、范冲避地南来，尝寓此寺"，其中，赵鼎便是琚美红口中的那位宰相。

琚美红想象过他的生活，他说，那时候，他应该骑马沿着我走过的山路上班。还有许多重要的事，可能也在这座山中禅房的尺牍中完成。

4

相比桐花记忆，琚美红更愿意多谈万寿寺。

我想，黄寿客栈这样简简单单的名，仔细推敲，可见藏了一些琚美红对历史、时间、生活的美好理解。琚美红对历史的向往，也许还在于他保有做事的一腔热血。

2022年是黄寿客栈开业的第五个年头。客栈有二十五间房，在民宿中属大体量。除客栈外，他和太太周芸包下了周边两百亩山林做种植养殖，土鸡、土鸭、茶油、胡柚……加在一起，取了一个更大的名，黄冈一号生态园。简简单单，直抒胸臆。

生态的农家乐餐饮，在黄冈山一带，原本就小有名气。以当地的山水，供养当地的美味，烹制给到来的客人。但光靠餐饮，是留不住人的。

生态园做起来时，他找附近好些人聊过，希望大家一起把住宿做起来，吸引更多的游客。但新冠肺炎疫情一来，很多事便搁置了。或许一些人也并不想参与到民宿这样长久的事情当中来。琚美红有些气馁，他还想做个水上乐园，他说，那水上总是飞来许多蝴蝶，是和桐花一起来的蝴蝶，也是从万寿寺中飞下来的蝴蝶。

还有，琚美红把客栈的房价压低不少。他说，不能贵，赚多赚少好说，但让更多的人来体验，爬爬黄冈山，看看万寿寺，才是他最大的心愿。许多上海、浙江杭州的客人来了，便住上好长一段时间。2020年，一批上海的客人来游玩，其中一个年轻人，爬到万寿寺那儿便不愿下来，他让团队先走。

做民宿是辛苦的。太太周芸原本在外地做服装生意，她说，以为来了是看好山好水，是修身养性，哪知道做民宿这样辛苦，从早到晚，事无巨细。周芸原本在城市长大，一下子窝到山中来，也不习惯。但她在慢慢学。

今天，坐在茶桌边，她笑说，已习惯啦。她很感激客人，有一对每年来此避暑的画家夫妇，将她视为女儿，常在这里作画、留画。在她眼中，字画名贵，更珍贵的是那份心意。也因为民宿，她收获了许多这样的美好心意。

5

夫妇俩虽都是做生意出身，但都不善于营销推广，抖音、微信等都不大用。来黄寿客栈的，大多是回头客，或是

客人带客人。

周芸说，口口相传最重要。

在黄冈山一带生活，靠的就是本地食材，正宗的野生鱼、野生小泥鳅、土鸡、土鸭、土豆腐，"土里土气"最好。黄寿客栈也如此，食材取自本地。黄寿客栈的早餐也讲究，土鸡蛋，自家做的粽子、大饼，客人吃了，说好，怎么个好法？是吃得原汁原味，有小时候家中妈妈做的味道。除了食材好，油也好，常山山茶油的好，是众所周知的。

大多时候，客栈是周芸在打理。琚美红有时候会忙外头的事，一得空，便回到民宿来，喝茶，听音乐。走南闯北的几十年，完全没给他留下什么坏习惯，他不爱打交道，不喝酒，不抽烟，不娱乐。

周芸笑，倒是爱做菜的。

常做新菜。

怎么做呢？

要对着它先想，想好了再做。

有时候，也不在于一道菜式新不新，而在于让一道美味更极致。比如土鸡、土鸭，琚美红的做法，是炒透，一定要炒到金黄色，把肉本身的油脂炒出来后再放调料，才能加水。这样菜才香得浓稠，连调味鸡精都用不着。每逢来新厨师，琚美红都要亲手教上几天。

周芸最爱吃琚美红烧的红烧肉，肥而不腻。许多人来到客栈，都疑惑，怎么一家常山的客栈给大家推荐红烧肉？但吃过后都赞不绝口，下次来了还点。

从湖边散步回来，琚美红带我去看他亲手打造的后院。穿过花架，看见池塘，池塘以连廊相围，连廊边有芭蕉。站在连廊上，讲话需要大声些，连廊外就是山溪，山溪的流水声真响啊。但听着这水声，能工巧匠琚美红能一觉睡到天亮。

溪边有一株野生乌桕，他指给我看，秋天来的时候，乌桕叶转红，浓浓的，十分好看。他又提到万寿寺，说，可惜，你今天来去匆匆，没法一起爬一爬。

邀约爬万寿寺，他不是第一人。有一位在当地文化馆工作的朋友，也是万寿寺的常客。她说，去万寿寺有许多事可做，爬山，许愿，送豆腐，吃素斋，这样的事，一年四季，日日不同。最近，听说寺中新添了两只小猫。

夜晚，我回到杭州，这位朋友发上我白日看过的桐花照片，也发了一张万寿寺的夜景照片。一面黑黢黢的墙，两只小猫游走墙根，是个月夜，把一切都照出古意。暗暗想，那么，下一个五月，上黄冈山，在万寿寺里逛一逛，下山来，在桐花树下的黄寿客栈住一夜。应是两日人间好时节。

稻田相见：听取蛙声一片

松　三

四年后，杨建平留下了最后一方小小的葡萄架，这是留给自己吃的。他憨笑，说跨界跨太猛了。四年下来，走的都是弯路。

1

杨建平常常起得很早，醒来看看早上四点钟的月，清亮亮的，明晃晃的。夜中只有月醒着。天幕浸着很深的蓝，天将亮未亮。他拍了一张照片随手发到微信朋友圈，问：你们见过四点钟的月吗？

四点钟，在这样的夏季，大多数人还在熟睡的梦中。杨建平在他的小木屋里醒来，一同醒的，还有林间的鸟儿。他是被鸟儿撞击玻璃的声响敲醒的。咚，咚，咚咚。

他说，真是美妙。

"美妙在哪儿？"

"隔音不好，隔温不好。就像躺在大地上，就像躺在自然中。"

夜晚的时候，时时见到山上月。早起的时候，拉开窗帘，看见满窗的山岚，起起伏伏。

杨建平的小木屋，搭建在他的民宿云湖仙境的后山上，与民宿保持着一点距离。其实，藏在山中的云湖仙境到常山县城已经有一定的距离。但他想，应当再远一些。

小木屋不大，江南山地潮湿，小木屋用钢结构架起一米多高的地基，屋子腾空，铺木地板，做斜屋顶。地板上搁一张床垫，墙上挂一台空调，门口摆一台洗衣机，统共二十多平方米。这是一种极简的生活，人忙完了回去，把自己往床垫上一扔，很快地进入睡梦。当然，不睡的时候，看书，喝点小酒，想些事情，也在这张床垫上，坐着。

这样没有任何多余的物什，只有必需品，杨建平觉得很好，可与一切烦琐保持距离。

小木屋，是2014年杨建平自己搭的。那会儿，云湖仙境还是一片荒草丛生的土夯墙老房子。其中一幢是他幼时住的老宅。老宅子前，有一片橘子林。我记得，两年前第一次去云湖仙境时，恰逢月中，八点钟的夜晚，圆月就那样挂在空中，像一盏灯，照着院落外果园里的橘子树。屋子里，人声喧闹，像极了每逢佳节时回到老家家人团聚的场景。

谁知道呢，六年前，杨建平还在民宿后头的山上种着果树，一个人，白日在山上，夜晚在小木屋里。一片山野寂静，除了鸟鸣、蛙叫、虫响，大约就是他的呼吸声。他在挖地，穿一条短裤，擎一把锄头。锄头铲进结实的土壤，发出响亮清脆的摩擦声，像一曲安慰他的温柔简朴的号子。

山地的土壤，没有那么容易疏松。杨建平有数，他每日勤耕不辍，早晨上山，傍晚下山。好像是为了完成一个诺言。的确是。他说，要试试自己能不能坚持下来。坚持重回这片土地上扎根、生长。

杨建平的老家，在成为云湖仙境前，叫作大山坞。大山坞位于常山南部山区。大山坞也是许多乡村会用的名字，通常寓意偏僻、路途遥远。杨建平的大山坞也是如此，藏在山谷中，路途崎岖。在2020年之前，最后一截路，要靠徒步前行。但是，大山坞很美，它被无尽的绿意包围。

村民们早年搬离了村庄，到更平坦的地带寻求更优厚的生活。杨建平一家也是如此。大山坞被远离的故人抛掷在身后，宅子便荒废下来。

离开大山坞，杨建平定居杭州，从事证券投资行业，收入不错，工作稳定，时间自由，过着还算圆满的都市生活。回到大山坞，是2013年某一天的一个起念。他说，要回到老家常山去。做什么？不太清楚。为什么？也不大清楚。

大约是老宅荒废的那一丛高高的野草，湮没了人的足迹，曾经生活过的地方生命力逐步消失，这令他感到难过。也许是人到了一定年龄，需要一个心灵的桃花源。但他当时不过三十四岁。他有着一个美好但模糊的憧憬，山前屋舍，山下院落，山野清风……这是他曾经过着的日子，是记忆中的曾经的日子。

是谁说的，生活不是我们过过的日子，而是我们记住的日子。

2

第二年年初，杨建平处理完公司大大小小的事，回到山中。第一件事，他承包了老宅后的一片山。他说，种一片桃树吧。春日桃树开花，漫山遍野落英缤纷，是很好看的。树可产桃胶，树下养鸡鸭。一幅美好的田园生活景象。

因为《桃花源记》，有谁会不爱桃花？

陶渊明还有另外一首诗，《归园田居》（其三）云：
"种豆南山下，草盛豆苗稀。晨兴理荒秽，带月荷锄归。"
我一向更爱这首，平实而真切，有淡远的坦然，更写出农人
日常的辛劳与不易。

一锄头，又一锄头。汗水淋漓。挖地是辛苦的。弓着
腰，不习惯劳作的人，半天下来直不起腰。手掌也疼，疼过
破过，磨出老茧，茧脱了再长。要来来回回好多次，才能成
为一双皮实的农人的手。

杨建平把它称作最难的情况。从用脑转向用体力，如同
苦行僧一样日复一日地重复劳作，是一个考验也是一个自我
转换。一个惯用脑袋思考的人，在这样的苦行中，是否会不
断考问当下每一锄头的意义？

桃花开了，漫山遍野，殷红点点。花瓣飘落，零星被风
吹到山下黑色的屋瓦上。老宅子静静伫立，草长得好高，但
有了桃花，把野草的狂放之气逼退了些。果树长得快。特别
是桃树，小小一株，便能结果，令人欣喜。杨建平笑，结了
果，可甜啦！

果树常有大小年，第一年结果多却花费了太多的力气，第二年得歇一歇，如人一般。结果多的年份，叫大年，结果少的年份，叫小年。竹笋也如此。桃树更是如此，不仅有大小年，而且生长期短，桃树过了七年便开始衰败。但是，杨建平不知晓。他是一蒙头扎回来的。

　　桃子成熟起来，保存也遇到了问题。熟的果子甜，常温下放一放，不出几天准腐坏。

　　杨建平叫来了附近的村民，村民们把桃树挖回家去，院落种一株，屋后种一株，菜地里种两三株。山头上，杨建平已种起了高山葡萄。葡萄得搭葡萄架，但大山坞一带是个山谷，风从这里灌入，如一条长龙。每年春季，风掠过山坡，葡萄架子东倒西歪，一片狼藉。

　　种猕猴桃吧。猕猴桃架子用铁杆，够结实。但猕猴桃喜阴，应当种在阴凉的山沟里。大山坞的山，不但晒，还缺水。请来的师傅语重心长地说：这不行的。

　　一晃，已过了四年。四年后，杨建平留下了最后一方小小的葡萄架，这是留给自己吃的。他憨笑，说，跨界跨太猛了。四年下来，走的都是弯路。

3

记得那个傍晚，我们开车路过一片稻田。金色的阳光洒在稻田里，我们下车来，站在晚夏的夕阳里，看青色的稻禾在风中摇摆。再往里走，路很窄了，两旁的芦草长得比人还高。我们经过一片荷花池，池中时有白色身影飞跃，掠过车窗。是白鹭，飞得那么低。

到云湖仙境的路程很长，像进入一个夜幕低垂的梦境。杨建平在夜色迷蒙中穿一件白色T恤招呼我们，他将我们领进一间老屋子，屋子前有个大大的泳池。走进屋子里，有宽阔的地台。屋中陈设文雅舒适，俨然已褪去曾被废弃的荒芜。

夜深时，杨建平领着我们自宅子后的一条小路攀爬而上，那上头，有一片宽阔的草坪，草坪上搭着帐篷，布满星星点点的灯光。杨建平抬出烧烤架，他亲手烤制食物，手艺很不错。

这时候的云湖仙境，已初具规模。一期村落全部改造完毕，设施齐全。另一位合伙人刘峰原本在上海从事电影行业，后来加入杨建平的队伍。他不再是单枪匹马的一人。

带着游泳池的房子，是杨建平的老宅，也是他最开始整修的一幢。那时候，他想的更多的是把宅子保留下来，不至于荒废。后来，村庄实施退宅还耕，要将老宅子全部拆除，杨建平才立了项，打算慢慢对云湖仙境做整体开发。到了今天，整个云湖仙境拥有三十八间客房，在民宿中，体量巨大。

他还在酿一种酒，叫葛根酒。

民宿开起来后，他会自酿一些酒，用来招呼客人。有一年，民宿里来了一位临安的酿酒师傅。师傅偶然说起自己的酿酒故事，说老丈人平生好酒，却患糖尿病。但酒是照喝不误的，喝的是一种他亲手酿的葛根酒。每年冬季，他都要去山中挖野葛根。也神，这位老丈人喝了葛根酒，身体硬朗，病症无碍，每日下地干活。

以葛根酿酒，是浙江民间的传统，有句很有意思的话，葛根可酿酒，也可解酒，所以喝葛根酒，是边喝边解。葛根的药用价值显著，在《本草纲目》中就有记载，葛根具备清热解毒、滋补营养等多种药用功效。老一辈的人，对葛根不陌生，在食粮短缺的年代，淀粉含量很高的葛根可作为主食，就和地瓜、土豆一样。

关于葛根酒边喝边解的传说，近似于玩笑话。但杨建平记下了。一是觉得有趣，二是常山葛根不少。葛藤有时攀缘于树身，有时匍匐在地上，圆乎乎的叶子成片成片地长。我去常山好几次，常见到路边布满葛藤，充满山野茂盛之气。

一边，杨建平将果园重新修整，种起了葛根；另一边，他挖来野葛根，试着酿酒。酿酒倒不用他亲自动手，但他需亲自品尝。常常一小口、一小口，近乎痴迷，一天下来不知不觉一斤下肚，脚步浮动，如坠梦间。但葛根酒是好喝的，入口顺滑，半夜不口渴。在此之前，他只喝少量啤酒，他也不爱酒。酿起葛根酒来，他到哪儿都随身带着，逢人便说，尝尝呀，尝尝。有一年，大家去找他开会，长长的会议桌上，他给大家斟酒。

葛根酿酒，要用四年的老葛根才好。杨建平的葛根是2018年种下去的，到2022年，恰好四年。进入秋季后，将迎来第一场收成。

令人头疼的事物也还有，那就是野猪。野猪们早早闻到葛根成熟的气息，悄无声息地踏着月色而来，用尖尖的鼻拱出最大的果实，饱餐一顿。

4

稻田新近有了不一样的声音。

起风的时候，二十四面风雨旗在风中翻飞、摆动，发出"噗""哗""嗯"的长长的呼啸声。它们与风撞击。还有更细小的一种翻飞声，那是成群的白鹭在扇动翅膀。夏耕在进行，耕种机翻出泥土深处的草虫，白鹭们便跟在耕种机的后头，敏锐迅捷地啄食，饱餐一顿又一顿，直到农田里的工人们收工回家，才餍足飞往绿林，安然入梦。

杨建平站在田埂上，看农人们插秧。五百亩稻田，自七月九日开始插秧，维持了半个多月。他日日往稻田里跑，学古时的农人，督促每一天的耕种。

从云湖仙境到这块位于常山天安村的稻田，驱车十来分钟。这片稻田叫作"父亲的水稻田"，最初是由常山的作家周华诚发起的项目。他邀请生活在城市里的人和他一起走进老家常山的稻田，感受春种秋收，记录农耕生活。2020年，两个"归乡人"撞在一起，一起出谋划策，将"父亲的水稻田"由五亩变成五百亩，涵盖天安村、五联村等村庄，尝试以农业、旅游、文化融合的模式来探索一条新的乡村振兴之路。

陪花再睡一会儿

杨建平成为稻田基地的负责人，他扎进了稻田。

回望过去，民宿就像一个起点。这条路并不是通向一个人的桃花源，而是指向更现实的问题——乡村建设。桃花源是一个梦，他当然有，也实现了，但他曾是梦中走出的人，回来了，是想深扎进来，想办法焕发乡村生活曾经的勃勃生机。

杨建平笑称自己是一个十分乐观的人，他给我罗列乡村的发展空间：首先，物理空间很大。其次，竞争对手很少，像他这样从城市回来的人，在常山实在不多。他对未来的设想已具雏形，艺术家可在乡村实施自己的艺术创作，农业从业者有更大的空间去种植农产品，孩童的教育特别是学前教育也可在农村进行。而广阔的农村空间，可以成为城市里的人周末休闲的好去处。农业成为另一种形式上的综合体，可以满足消费群体的各种需求。

四月，稻田里的紫云英开得正盛。建筑师赵统光一人驱车从杭州前往常山，他自带一顶帐篷、一把小凳、一盏小灯、一只瓦斯小炉、一把壶、一把铲子、一只盘子、几支铁签、几块年糕、一瓶啤酒，把自己安扎在"父亲的水稻田"中。晨光里醒来，他用那把不锈钢铁壶做了一道凉拌椒盐紫云英，碧色逼人。

可羡煞了众人。

赵统光是"父亲的水稻田"的合作伙伴之一。他喜欢将时间花在与乡村建设相关的项目中。正是源于对稻田的热爱，在稻田里，他做了许多事。

帐篷的不远处，伫立着他带领稻友们共同搭建的六米高的稻草人，这个稻草人被誉为稻田守护者。近期悬在天安村稻田基地的风雨旗，也是来自他和周华诚的共同"吆喝"，由文化艺术各界的稻友绘制，出自大家对于风调雨顺纯粹的祈愿。

作家周华诚则在试探一条串联起天安村和五联村两个村庄的游学路线，孩子们从这条路上走过，将穿越稻田、村庄、农舍、树林，最终到达云湖仙境的农耕文化研学基地。

金融业出身的杨建平很会算账。他算过，如果一个年轻人回到乡下种有机千禧果小番茄，一亩地最低产量估算八千斤，按照十二块钱一斤的价格，刨去各种成本，一亩地的毛收入可达六万元。一个年轻人管五亩地还算轻松，一年下来，净利润起码达三十多万元。无论在农村还是在城市，这都是一笔不错的收入。

前提是，这些田园的业态都逐步成形。

杨建平并不赞同毫无目标地呼吁年轻人回乡，大部分是瞎折腾。回乡的情怀很珍贵，因为珍贵，更要珍惜。通过正确的方式引导年轻人回乡，仍是个大课题。

毕竟，太苦了。杨建平想起这四年，还是直摇头。

不仅仅是无方向劳作的苦，还有身边人的不理解。为什么要回来，回来在山上捣鼓什么？特别是到了做民宿的那几年，父母看他大把大把地砸钱，好像砸进了一个黑洞，砸给他们曾经废弃的荒无人烟的过去。他们吃着饭，不出三言两语，在饭桌上就吵起来。

杨建平便住到小木屋里去，白天在果园干活，晚上回到小木屋，席地而坐，开一罐啤酒，和自己笑谈，消化不愉快。第二日醒来，重新开始。因为小木屋，杨建平爱上了独处。

2022年秋季，葛根就要开挖了。"父亲的水稻田"与四个行政村集体联系成立了酒业公司，其中百分之四十七的股份给了村里。葛根酒发展好了，村民便可以种植数目可观的葛根，可用以售卖，提高收入。杨建平希望那些出去的年轻人都能回乡来，看看家乡的变化，尝尝家乡的葛根酒。

这时节的稻田正热闹，万物欣欣生长。越来越多的人也来到稻田，乡村也会充满希望。

沐隅：荷塘月色，一池清辉

吴卓平

风是清凉的，月亦是清凉的。

六月的常山，正是梅雨季，天气变幻莫测，中午还是青天高远、阳光灿烂，下午忽而大雨滂沱。

来到徐村村时，正是雨落得最大的时候，我们沿着村中小道行驶，拐一个弯，就看到那扇古色古香、虚掩着的竹门，沐隅到了。

1

推开大门，风与雨随着吱呀声飘过耳畔。

踱步进入院中，仿佛进入了另一片天地，风雨似乎戛然而止，只有空与静的力量，让人感到心安。

高低错落的屋檐，雨水正一滴一滴地滴落下来，水塘中的几尾锦鲤，在涟漪中依然游得悠然。黛瓦、白墙、青石、修竹，简约流畅的线条和色块，淡雅得如同一幅田园山水画。

民宿的主人老刘坐在大厅中，看来已等候多时了。

"每个人在生活中或多或少都心存疑惑和困惑，或许，还有点点迷惑，不过，偶尔做一个逃离城市和办公室的惑者，走近山野，去触摸土地、感受自然，想象自己和这个世界的无限可能，不正是一件很幸福的事嘛。"

带着我在房前屋后转悠，一边走，一边聊，他的话匣子也逐渐打开。

他理想中的乡野日子，如果用一种文艺的语言来形容，应该是这样的：遥望漫山遍野的竹林涌动，扯一把将落未落的阳光，泡一壶茶，放到晚风中煮着，日子就这么温暖平常地度过。

"我很喜欢去各地旅行，总有几家民宿，让我记忆深刻，那是一种归属感，同时也是一种对生活的返璞归真。"而在萌生了自己开民宿的想法后，他也有了"等云到"的韧性和"等花开"的静心。

经过一年多的筹备和营造，如今，沐隅的一草一木、一室一厅，都带有一种独特的韵味，同时，也不缺乏南方民宿特有的精致。倘若心平气静，还能体味居家布置中透露出的禅意：团蒲在席，可以坐着观景品茶，自然也可以神游千里、冥想天地。

背靠绣溪，面朝大山。在沐隅，山与水仿若一对诗人，捕捉四时之景，经过层层渲染，细细描绘，风景与诗境自成一幅工笔重彩的图画。

与此同时，由于天际线是自然山体的形式，因此，民宿的设计以传统的飞檐翘角交错布置，以呼应四周的山形。也把三层小楼的高度感，通过这种形式减弱，给人以一种自然的美感。而天际的云雾与山景，又在交错中达到一种微妙的统一，它们既彼此独立，又相互呼应。恰逢落雨，一旁的荷塘笼在一片若有似无的水烟中，更显袅娜迷人。

可谁能想到，如此禅意的小院，原本却是一处废弃的校园。

2

在乡村振兴的时代背景下，如果说民宿将传统乡村的意

趣和现代设计的便捷融为一体，为人们提供更多诗意栖居的可能，那么沐隅正是这样一颗种子，为古朴的徐村村注入了新的活力，让那些静默无语的风景变得生动。

这里原是常山县湖东中心小学的旧址，这所有着近百年建校史的学校，于2016年迁至新校区后，这儿便渐渐荒芜了下来。

直到老刘发现了这里——隐于徐村村中的闲置校园，背靠如锦似绣的绣溪，村内数棵百年古樟树簇拥在一起，参天成荫，与绣溪之水相映成趣，如诗如画。

于是他决定将这里改造成自己理想中的模样：古朴典雅，清幽闲适。

"希望能给那些疲惫的都市人，创造一个可以放松身心的去处，无丝竹之乱耳，无案牍之劳形，全身心地沐浴在自然的一隅之中。同时也希望通过盘活闲置资源，带动徐村村旅游产业的发展，惠及更多的村民。"

因此，用这所荒废的校园来连接城市和乡村，成为他创办民宿的初衷。

他与设计团队一经碰撞，便迅速达成了共识，即保留原本老校舍的建筑构造，以及校园的基本格局，并通过新旧结合的方式来营造与体现传统建筑的古朴之美，外加内部的现代化改造，使其焕发出崭新的活力。这也成就了如今民宿的鲜明性格，"传统风、高品质、纯文艺、很欢乐"，它有时光沉淀的厚重优雅，也有追随时代的轻快腔调。

小学旧址原本的主体建筑为一栋三层的教学小楼，设计师根据建筑原有的肌理，在改造上也遵循校园原本的形态，把这种新旧对话做了放大，在主体建筑上增加了许多美人靠、飞檐翘角等传统古建筑元素。

一半是木结构，一半是砖结构。看上去，正像是从旧的一半建筑里，生长出来崭新的另一半建筑，有一种新旧交替、时空对话的感觉。

可砖还是原来的砖，梁还是原来的梁，瓦还是原来的瓦。

老刘考虑更多的，是能够在民宿中体验到升华版的乡愁。也就是说，在不改变建筑古风古韵的同时，引入花园、茶室、书吧、影音室、餐厅等，实现历史遗存与当代生活共融，古村落景观与人文内涵共存的多重效益。

在他看来，好的民宿不仅仅是好的设计，更得有温暖的感觉。

3

而这种温暖，不仅来自民宿的品质与温度，也来自山野那种治愈的魔力。

在绣溪旁，我看到了那些葱茏的绿树，禅意十足的叠石，各种叫得出名和叫不出名的小野花、小昆虫，我的心突然空出一些地方。只怕一回到原来的生活里，那部分又会立刻被填回去。

逛累了，玩累了，回到民宿，恰好路过侧门旁的一片荷塘。暮气四合时分，天地寂静无声，荷叶新绿盎然，一池荷花开得正艳，绽放的，半梦半醒的，含苞待放的，各具情态。在一片绿色海洋里，白色、红色、粉色点缀其间，真是一幅"接天莲叶无穷碧"的绝美图画。一股浩大饱满之气扑面而来，精神也因之提振。

我猜，这里该是和蓝天，和村庄，和大自然静悄悄对话的最佳地点了吧。书读久了，或是逛累了，便可以坐在这里发发呆，喝喝茶，听听歌，眺望远山黛色，近看乡村烟火，心甘情愿地把时光浪费在眼前的美好景物上。

不多时，夜色降临，月也渐渐升起，一层淡淡的雾笼罩

陪花再睡一会儿

在荷塘之上。月色撩人，像淡淡的、薄薄的雾，又像袅娜的青烟，给人以一种悠悠然之感。

月光下，晚风中，悠悠荡荡的荷叶变成了一片片会动的剪影，这些剪影独立着，却又交相呼应着。颗颗水珠在微风吹拂下，上下滚动着，从一片绿滚到另一片绿的怀里。

风是清凉的，月亦是清凉的。

空气中弥漫着淡淡的香气，轻柔且神秘，这是各种植物与露水混合的气息。而人浸在清辉中，月色和清香似乎无所不在，无孔不入，心神与苍穹凝成一体，着实有说不出的妙境。

荷塘的另一旁，便是村民们的一畦畦菜地。小青菜曲线玲珑，南瓜呆呆地躺在田埂两侧，嫩绿的丝瓜蔓挂满了竹篱笆……夜越来越深，野草上有水渍，触手一碰，手便湿了，一时竟分不清是晚上湿凉形成的露水，还是白日里残留的雨水。但见远方淡褐色的山影，点点灯火与村舍相映，目光所及，是一幅安详静穆的山水乡野图景。

倏地想起余光中先生写的那句诗：

那就折一张阔些的荷叶，包一片月光回去，回去夹在唐诗里，扁扁的，像压过的相思。

倾心于溪塘，流连于草木，欣赏自然之美，世间最好的遇见，我想大抵就是如此吧。

4

这之后，我在徐村村小住了两日，自然、惬意、古朴是我的最深的感触。行走在村巷，常有山风鼓荡，花海、枝条涌动，回应以阵阵涛声，又可见溪水潺潺，乡人呈现出一派恬然安居的景象。

有人说，民宿大概就是一个安静地看着人们来，又看着人们去的存在。在来往之间留下一点触碰到内心的痕迹，而沐隅便是如此。

大山静穆，流水无心，一花一草顾自烂漫，云朵悠悠，山泉淙淙，虫儿吟鸣……再多的心事也能被荡涤得干净、清澈。

寻一处自然妥妥地安放自己。青山绿水之间，蓝天白云之下，宁静祥和之地，畅快地呼吸新鲜空气，让五脏六腑都得到轻轻的抚摸和细细的洗濯。

城市与乡野，喧嚣与宁静，恰是一座山间小院的距离。或许，秋天来临的时候，我会再来一次徐村村，看一次绣溪的秋色，再住一次沐隅。

第三辑　把酒对月，梅花满天

九龙山居：故乡那道原风景

紫含

有这样的一棵老树，一座古桥，你的民宿，就
是被自然眷顾的地方啊。

1

民宿的名字叫九龙山居，一听就有大气象。我暗想：谁
这么大胆，敢取名九龙？

去了才知道，九龙山居就在九龙村，山庄老板张哥是土
生土长的九龙村人。

张哥大名张小红。他让我们称呼他张哥。"因为听习惯
了。"他这样解释。

"不像老板的老板"，店长笑着说，"张哥太朴实
了。"

后来我们才知道，在张小红的人生规划里，经营民宿，是他的日常生活方式。

九龙村，又名"久隆村"，在浙江省衢州市常山县青石镇的东北部，是有名的中国观赏石之乡与胡柚种植基地。距九龙村约两千米处的信安岭古道遗址，是1942年浙赣战役红色教育基地。

九龙村，真是一个好村名，一下子就有江河万千、人杰地灵的历史质感。《常山县地名志》这样描述九龙村，郑姓于清光绪年间从怀义乡昭庆里廿四都（今招贤镇象湖村）迁此。因村后之山有九条沟谷，俗称九龙戏珠，故而得名。

"这是皇帝到过的村子。"张哥笑着说。

下午四点多，我们到达九龙山居。下了一天的暴雨刚刚停歇，河水暴涨，河面宽大，水流浑浊湍急。河的名字也好听，叫里山溪。

山庄正对着里山溪，坐在客厅，越过窗子，就能看到河水急速流淌。雨季改变了溪水的颜色，里山溪带着上游的黄泥水，从九龙山居侧身而过，山庄的侧面，正是传说中被乾隆皇帝钦点过"久隆"之名的石拱桥。

有一座石拱桥的村庄是美的，和河流、大树一样，它坚硬的石板、完美的弧度、人力建造的痕迹，是凝结在历史中最具象的存在。人们从它身上走过，世世代代。

石拱桥的确是很古老了，那些湿滑的青苔，破损的砖角，长长的快要垂挂到河面的薜荔枝条，无一不在述说。随意的一伸手，就碰到了约二百三十年的樟树叶子，随意的一抬脚，就踏住了百年前的时光影子。

我在石拱桥的一个台阶上坐下来，桥边，樟树张开黑黝黝的树干，巨大的树冠将我完全覆盖。我感觉到樟树的心意，感觉到石拱桥赋予我的安稳和沉重。那些人，种下樟树的乡人，建造石拱桥的匠人，早已在土里安息，他们不会知道，他们种下的那棵树，建造的方便行走的石拱桥，多年后会迎来一个穿牛仔T恤的女人，摸着青苔想起他们。

初夏的树冠如此巨大，覆盖了整座桥面和近四分之三的河面，最低处已经靠近桥面；最高处，超过民宿三楼，其中两枝枝丫，伸进露台一角。

站在露台栏杆处，刚开完花的细长花茎还没落下，密密麻麻地隐藏在湿润的新生的叶片间，有风吹来，轻轻晃动，那飘摇的影子，让我忆起自己的年少时光，邻家男孩骑着脚踏车一晃而过，风吹开白色衬衫的一角。

那情形，带着记忆里少年不知愁滋味的动人的诗意。

樟树在春天新生的叶片和清香的花朵，充盈着少年时期的所有夏季。我站在入村的小路上，远远看去，整个九龙山居被樟树完全覆盖了，苍劲的樟树枝干，古老的青石拱桥，大片大片的胡柚林，映照着山庄的古朴之美。

九龙山居侧门前这株积沉着几百年时光的樟树和石拱桥，因为古旧，因为传说，因为人来人往，而历久弥新地美着。

有这样的一棵老树，一座古桥，你的民宿，就是被自然眷顾的地方啊。我对老板说。

他笑而不语。我们站在三楼的露台，露台的后院种着他自己的胡柚林，一只鸡站在树上，抖动着被打湿的羽毛。女主人说，这些鸡不知为啥就喜欢胡柚树，一到晚上，就飞到胡柚树上睡觉。

2

一个人对乡村的感情，可能跟对一片云朵、一条河流的感情是一样的。

只要一抬头，看到的就是河岸，到处是高大的柳树和樟树，大树的枝丫无一不是朝着河面倾斜，仿佛河水自有一股神秘的力量，牵引着它们。也许，河水带给人类和万物的力量都是一样的，那就是自由。

里山溪在九龙山居的门前静静地流淌着，不知流淌了多少年。里山溪也日日夜夜地流淌在张哥的血液里。从出生起，张小红就没离开过九龙村。看得出，他爱九龙村，爱里山溪，他说，这条溪，夏日里是孩子们玩耍的天堂，很多人远道而来，住在他的山庄里，就是为了傍晚时分可以尽情地与溪水嬉戏，溪水很清澈，有很多石斑鱼。

果然，晚饭时我们就吃到了新鲜美味的石斑鱼。这是张哥昨晚在里山溪下的渔网的收成。山庄女主人也是本地人，做得一手好菜，和张哥一样，朴实而腼腆。

一个人的骨子里总能找到与地域相关的特性，乡村带给人的，对某些人来说，可能仅仅跟乡村风物有关。人对故乡的感情，不能仅仅归结为有没有在乡村生活过，它更多来自一个人的内心深处，或者，记忆的混沌期。

在这样的地方开一家民宿，对张哥来说，是自由，是故乡情结，更是原始记忆吧。

房子是自己的，村庄是自己的，屋后的胡柚林是自己的，村民是自己熟悉的，民宿的前身是农家乐，经营多年，而时间再往前，张哥开的是一家小卖部。

农家乐叫什么名字？我问。

小桥流水人家。我心里一惊，和朋友相视一笑，大约是觉得，这个看似朴实的中年男人其实不简单，取名字很有一套嘛！九龙山居的杂物间叫布草间，此前我们刚刚参观了民宿的五个房间，名字全部来自当地的村名：马车、阁底、塘边、澄潭、飞碓。那间露台被樟树温柔撩拨的房间，是飞碓。

从九龙山居门前的公路往前，可以去往信安岭古道遗址，去往青石小镇。这是一条乡间公路，连接附近多个小村落。如果你在九龙山居住下，居住的房间又恰好是飞碓，第二天，你经过那些家家户户院子里几乎都种着花的村庄，看到飞碓，看到桥亭，肯定会会心一笑吧。

本地名字好听啊，而且不重复。张哥这样解释他的取名之道。

朴实的张哥，其实也不那么朴实。这个生于斯长于斯的九龙村人，用对这片土地的热爱和熟悉经营着自己的事业，他的智慧，是朴实的、有底气的。九龙山居因为新冠肺炎疫

陪花再睡一会儿

情旅客锐减，没人住宿的时候，村庄里的人便喜欢到张哥的九龙山居走一走，唠一唠，打一局台球，买一箱啤酒、几包烟，也许，在他们眼里，张哥还是那个张哥吧。

3

清澈的里山溪，皇帝到过的村庄，约二百三十年的樟树，爬满薜荔的石拱桥，壮观的胡柚林，以周边村庄名字命名的房间——作为信安岭古道、青石文化古镇、胡柚美食文化地的必经之处，九龙山居，处处充满着浓重的历史人文气息。

如果没有这样的气息和感受，我大约走过了也就走过了，不会想说些什么。浙江省多民宿，气势恢宏的有，精致婉约的也有，但是像九龙山居这么平淡从容，这么一脉相承地连接着故乡的，我没有遇到过。

坐在九龙山居的客厅里聊天。不时有村民进来，交谈几句，又走了。这里离我住的城市不过几十千米，说的话我却一句听不懂。夜晚，民宿的灯亮起来，山庄客厅里的人就更多了，有人进来买东西；有中年妇女进来，靠着长条桌和女主人聊天；一张台球桌已经被五六个人围住，有人在打台球，专注的样子不比比赛选手差。

这样的场景，显然已经不是民宿的经营范围了，但并不会让人生厌，反而使人心生亲切。我看见孩子进来时，张哥随手拿起桌上的李子递给他，这是今天他刚从女主人的娘家摘来的，"衣服上擦擦就能吃"。

这样的民宿是包容的，喜欢乡村风光的都市人可以在此养心，喜欢寻访古迹的文人可以一所所地拜访民居，但是对于我，我看到了一个民宿的故乡之心。

生活是真的，但也不是那样的真，它需要剔除沉淀在日常之下的辛酸，比如没有客人前来的清寂和支出。民宿的存在意义不光是一座吸引人的美丽的房子，它还承载着主人对往来人群的期待，流动是它的本质。

故乡是美的，但也不是那样的美，它需要坚守，坚守时间的悠长赋予故乡的陈旧之美，坚守阔大的自然带给故乡原初的风景，坚守渐行渐远的历史在原乡人心中的情感不至于失落，坚守站在九龙山居的露台上，始终能望见平静的里山溪。

望梅山房：把酒对月，梅花满天

周华诚

　　就把酒临风好了，三杯两盏淡酒，喝出一个桃花满天、梅花满天。

　　"山谷无雪，但只要你愿意，漫山的梅花便可就着思绪开放。"

　　这是衢州诗人严建平在望梅山房逗留之后，写下的诗句。

　　村上酒舍·望梅山房民宿，一个有酒有诗的地方。诗，是因为女主人糖糖和他先生黑孩一起，以桃花酿酒，以春水煎茶，把山中日子过成了诗；酒，是因为这家民宿酒香四溢，春夏秋冬，四时流转之间，都有一盏美酒相伴。

1

望梅山房坐落在常山县东案乡梅树底村境内，这里是一个风景区。常山县的最高峰、海拔一千三百九十五米的白菊花尖，就在望梅山房推窗可望的地方。这里竹林环绕、古树参差，梅树底村的溪从白菊花尖潺潺流淌而下，造就了山水绝佳的旖旎画境。

对于很多本县民众来说，梅树底村是个有故事的地方——因为地处偏远，这里曾经是衢州市最后一个通电的行政村，也曾是远近闻名的落后村，村民大多靠外出打工为生；而近些年梅树底村逆势崛起，利用自身的生态优势，大力发展绿色经济，建设了游步道，打造了一个风景区。前几年，梅树底村还成功创建了国家4A级旅游景区，成为闻名一方的避暑胜地。把"村上酒舍"民宿引进落地在梅树底村，也是振兴该村的一项重要举措。

望梅山房是村上酒舍继对坞自然村之后的首家"分店"。想当年糖糖随着还是男朋友的黑孩来到山中，第一次见到山中那座古老的榨油坊时，她为小村的古朴惊讶不已。结婚后，两个人夫唱妇随地过起了乡间生活，还吸引来不少

的"流量"。许多城市人很好奇，这么偏远的小村庄，资源也匮乏，怎么可以靠小小的民宿、榨油坊解决自己的生计问题？

几年下来，夫妻俩的日子依然过得诗情画意，个中缘由，还在于这对小夫妻都各有一手"绝活"。

糖糖1990年出生，是湖南邵阳人。回到山里的小村庄之后，她基本都待在村庄里。但在那之前，她与黑孩在杭州的同一个公司上班，她喜欢设计、摄影，是一个标准的文艺青年。黑孩毕业于中国美术学院，本身有很好的审美功底。决定做民宿时，两人的分工就很明确——黑孩负责建筑本身的设计和施工改造，爬高爬低，肩挑手提，凡是需要力气的活，都归他了；糖糖呢，负责美好的部分，凡是拍照、软装、插花之类的活，都包在她身上。

怪不得黑孩感叹，搞乡村建设，其实最需要的是"全能型人才"。"既能搬砖头，还能绣枕头。"比方说吧，黑孩把老榨油坊修整好了，山茶油要卖给城市里的人，总要有一款漂亮的包装吧？总要有几张漂亮的产品宣传单吧？别急，这些活儿正是糖糖擅长的。

2

更有意思的是，糖糖对酿酒充满兴趣。

黑孩家是酿酒世家，黑孩的父亲有着独到的古法酿酒手艺。糖糖跟着老父亲学会了酿酒，她发现这山里的粮食烧酒格外清冽，喝了不烧喉、不上头。好山好水造就了好酒。村上酒舍酿的酒用的是纯天然山泉水，酿酒的原料也是纯天然的粮食，没用过任何添加剂。这样的酒，连品酒无数的老酒友都赞不绝口。

酒是欢乐的精灵，酒也是诗的朋友。

美好的场合怎么少得了酒呢？

糖糖酿的酒和传统的烧酒又有些不一样。"90后"的糖糖要为传统的蒸馏酒带来不一样的时尚感，让当下的年轻人也喜欢这样的酒。糖糖根据山中不同的时节，开发了很多果酒、花酒。春天里来桃花漫山遍野地开放，糖糖拾取了很多桃花瓣，让其漂在烧酒的表面。这种桃花酒的颜色，得到无数民宿客人的喜欢和推崇。春夏季的果子也多，蓝莓、野草莓、桃子、李子、青梅、枇杷、桑葚，其实每一种果实都可以用来泡制果酒。当然，每一种果酒的口感也会不同，杨梅酒是泡制最多的果酒，那紫紫的颜色，令人未饮而醉。

到了夏天，山上的野生猕猴桃大量成熟，糖糖采摘来之后，就浸泡几缸猕猴桃酒。

到了秋天，胡柚成熟了，糖糖就泡几缸胡柚酒。胡柚本是常山的特产，清肺利咽，是一枚好果子。糖糖把鲜果切成几瓣，连皮浸泡在酒中。泡上一年半到两年，胡柚的苦味都消散了，回甘都出来了，这胡柚果酒极受客人们的喜爱。

秋季桂花开放，糖糖也会别出心裁地做一些桂花酿。桂花酿里有着绵绵的花香。

糖糖做酒，越来越有自己的心得。首先是基酒，采用古法，经过六十天的自然固态发酵，然后再用老木桶蒸馏出来。自然的发酵，自然的蒸馏，保留了原真的味道。再根据时节的不同，将山中草木果实浸泡入酒，其实这是时间的哲学，是山里人的自然法则。山野的味道，与酒的味道相互融合，调制出清冽甘香的酒液。

传统的烧酒，村上酒舍每年要酿一万斤左右。一部分在民宿售卖，另一部分则是很多老客户委托批量定制的。2022年就有一位客人，一口气要酿三千斤酒。

糖糖更喜欢的，则是让民宿的客人们品尝她自己亲手酿

制的果酒。她性情温和，友善待人，民宿客人们都说"这个老板娘太好了"。而这个热衷于做酒的老板娘，往往会在客人们刚到民宿的时候，就递上一盏品相超高的果酒。

来，请喝一杯桃花酒吧。

请尝尝我们民宿自酿的桂花酿吧。

很多客人一尝便停不下来——酒是美好事物的连接器和情感的催化剂；来到民宿，置身于这样的山水佳处，置身于这样的美好空间，身心立即就放松下来了。再来一壶小酒，此时此刻月光如水，美好的夜晚总是不舍得太早入睡。就把酒临风好了，三杯两盏淡酒，喝出一个桃花满天、梅花满天。

3

在望梅山房，除了能望梅，诗人们也一定还能望见别的一些什么——

"倚在半山腰的磐石，让流水带走沉重，渐渐放空的身子追上云雾……"

梅树底村这个地方，每年春天都有千亩杜鹃花盛开，仿佛云霞落在山边。到了夏天，这里则是孩子们最爱的乐园，有清澈的溪水、连绵的竹林，正是消暑纳凉的胜地。深秋时间山上层林尽染，而在冬天，则可以期待一场大雪，将四面青山装扮成童话世界。

望梅山房的建筑保留了农村民房原始的木质结构和冬暖夏凉的夯土墙，屋内共十八间客房，八个餐厅包房，卡拉OK厅、棋牌室、台球桌、茶吧、游泳池一应俱全。在望梅山房，整个大厅全是公共区域，留给客人们自由交流的空间很大。

这次来时，我正赶上女主人糖糖泡制猕猴桃酒。糖糖将古法酿制的烧酒细细地倒入酒罐中，一颗颗猕猴桃被封存于酒中，也被封存于时间之中。接下来就是时间的艺术了。

在望梅山房，有专门的空间窖藏这些美好的液体。除了酒柜，还有酒库。杨梅酒、青梅酒、枇杷酒、桑葚酒、胡柚酒，种类繁多，一坛坛封好，留待美好时刻的到来，再一坛坛地打开，一坛坛地品饮。

在望梅山房的外面，还有一小片红豆杉林，每年都会结出很多红豆杉果实。糖糖也会采摘下这些红色的果实，用酒泡上半年以上。据说这样的酒，又有着别样的功效。

有酒也要有美食。望梅山房的厨房，是黑孩的叔叔——一位开了二十多年饭店的大厨在打理。望梅山房的早餐，常让客人津津乐道，煎包、油条、大饼，地道的常山美食在这里都能吃到，其中煎包和南瓜馒头，则是客人们品尝率最高的品种。

　　在望梅山房，其实还是有很多风景可以看见。推窗而望，远处的青山，近处的竹海，雨天的朦胧烟云，晴天的绿意葱茏，都是别样的风景。清晨时看乡间一点一点地热闹起来，有一杯咖啡在手；黄昏时则平心静气地欣赏一场落日，喝几杯果酒。山气日夕佳，飞鸟相与还。坐在这样的风景里，听风，望月，饮酒，仿佛时间可以在此刻停留。

溪上村舍：桃花源里的家

吴卓平

> 我和她各自提一个小篮子，在大山里走上一圈，漫山遍野都是来自大山的"礼物"，不知不觉间，便收获了一筐的快乐。

1

去往常山的桃花源景区，需要驱车走盘山公路。而景区内的坞石坑村，只有一条沿溪而筑的小路与外界相连通，的的确确如桃花源般与世"隔绝"。

迎着溪流的方向，一路开车慢行，眼眸中满是山脉、竹林的颜色，还能嗅到乡间的烟火气，只见绿野阡陌，小溪穿村而过，泉声淙淙，水光明澈，盘桓而上，只一个峰回路转，便将半座青山推至人的眼前。有一方廊亭蓦地探出浓绿

陪花再睡一会儿

的树端，紧接着山坳中一栋白色的小楼映入眼帘。数株大树围绕着宅院，枝丫上绽放出静美的浓紫色花朵，袅袅暗香仿佛在留人停驻——溪上村舍，正坐落于此。

站在院门外，映入眼帘最多的便是墙外的各种花花草草，恍惚间像回到了儿时，走在乡间的小路上，俯身摘一束狗尾巴草，忍不住缠在指间做戒指。

进得门来，室内空间同样令人惊喜，处处充满着禅意。随处可见的插花，自然且饱含野趣，充满了生机。

院内一段老木头，虽然已经没了往日的光彩，但它的生命以另一种方式延续下来，残蚀亏缺处是岁月的纹理。

节假日之外的桃花源，宁静且美好。

"开一间属于自己的民宿吧！"这或许是许多人的梦想，可真正去做了，才会明白其中的艰难与辛苦。

这并不是一个容易做出的决定。

溪上村舍的女主人黄姐也曾经踌躇不定，开一家山野民宿，真的能行吗？

2

两年前，溪上村舍正式营业，黄姐在老宅的基础之上，

改造出了一个全新的家。

　　而如今这一番佳境，在黄姐看来，绝非天成、偶得，而是凝聚了夫妻俩无数个日日夜夜的心血。

　　最初的溪上村舍，并不是现在的样子，仅仅只是一栋普通的青砖小楼。彼时，内心深处的恋乡情结让她和丈夫辞去了稳定的工作，回到家乡的老宅，扎根于此，经营起了农家乐生意，这也是民宿的起点。

　　但随着时光的流逝，她渐渐地意识到这栋农家乐小楼在逐渐"衰老"，于是夫妻俩在商量之后，最终决定进行改造，在这片森林氧吧中，把原本的农家乐改建为养心养生的精品民宿。

　　在设计和筑造的近两年时间里，夫妻俩与设计师团队因地制宜地改造着这一方空间，顺应空间与山势而为，大到窗口、露台的视野，小到一处飘窗的软榻，都带着独有的精致与细腻。

　　而改造完成后的民宿，果然令人耳目一新：建筑的基调以原木色、白色为主，给人以清爽的视觉体验；风格也更具现代时尚感，简约的设计，自然的氛围营造，传递出轻松的生活气息；大面积落地玻璃窗的运用，让建筑更为通透，每间客房与大厅都拥有超大观景窗，足不出户，即可坐拥山色；出门便是小溪与小桥，它既体现了一种"空"——接近无物的禅意，又体现了山林与天空在咫尺间的倒映，非常适合静坐于此，并与内心进行一场对话。

而民宿的内在，同样体现了夫妻俩对美的理解。以竹枝做吊顶，没有多余的装饰，让室内呈现出一种原始、朴素、自然的状态；桌子、门板大多用老木头制作，不刷漆，至多在桌面上刷一层水性漆，保留木头原有的纹理和时光印刻下的凹痕；各种小摆件，诸如油盏、陶罐、竹篮、木桶、漆盒等，都是黄姐一点一滴收集来的，她甚至将自家珍藏的老古董也放在这里作为装饰。

花瓶里，插着她从山上找来的枯枝，或是从路边、花园采来的花。对黄姐来说，家要用心经营与装点。

3

把民宿变成了花园，则是她装点家的另一种方式。

溪上村舍院子的里里外外，插上花秧，浇水、施肥、剪枝，看它破土，一天天长大，看它从幼苗到满目青翠，看它从抽出新芽到挂满繁花。

"有植物相伴，家才有灵气。日子也因此变得有迹可循了，每一天都是新的一天，这样的生活既充实又新鲜。"

"我从小就喜欢花花草草，不过，真正要种还是不懂，一开始就买了些书、杂志看，又到有关花草、园艺的网络论坛上'潜水'，越看越不懂，问题越来越多，于是做笔记，在网上向高手提问，真是到了废寝忘食的地步。"

回忆起那一段时间，黄姐觉得自己像在读园艺学的研究生，也就是在摸索的过程中，她开始真正地爱上园艺。

渐渐地，她也有了自己的育花、养花与插花诀窍，百合花开的时候，她总会把花蕊掐掉，"一是可以延长花期，二是减少客人的过敏概率"；绣球吸水性不好，容易蔫，需先在根部剪十字切口，用剪刀敲一敲，就可以更好地吸水，如果蔫了，便用烧开的水，拿着剪过的绣球根部在水里烫三秒，立刻拿出来放到冷水里，过一会儿，绣球花朵就会直立起来，"听上去很神奇吧！"

每天，她总会在花园里打理一番，一丝不苟。桔梗、宝石花、百子莲、大花六道木、金禾女贞、绣球、玉簪、红花鼠尾、金雀花、凌霄花……亲手种养长大的植物也慢慢长成了她相濡以沫的老朋友。

4

闲暇时练瑜伽、看看书，忙碌时迎来送往，做做家务，这便是作为女主人的她如今的生活日常。

打理民宿，事事都得亲力亲为，很辛苦，但她说自己喜欢故乡这满眼的绿，以及像珍珠一般撒满这山野的小野菊，还喜欢屋旁那流淌不息的小溪涧，酷暑里，用山泉水浸西瓜，仿若就是记忆里童年的夏天。

也正因为如此，在黄姐看来，住进山里的民宿，推开窗是悠然的山野风光，躺在床上有如同归家的自在舒适，住在这里，能听到山谷的呼吸，体验和分享另一种生活。而家和山林一样，都要永续经营。

因此，在这个小家中，黄姐夫妇会带着客人做米粿、打麻糍、包饺子，感受常山农家的民俗。或者，仅仅是带个路，随意漫步村中。走在乡野小路上，每当几株果树不经意间出现，客人们总会惊喜不已，这里倡导自然农耕，遵循果蔬、粮食生长的自然规律，保护环境，减少污染，因此，一切都是原生态的质朴味道。

那天，黄姐便带着我上了山，去挖野笋，让我体验了一番山野中的日常生活。沿后山湿漉漉的步道而上，偶尔有树上的雨滴落下，矮矮的野茶树被雨滴砸得一颤一颤，山林间雾气氤氲，有鲜活勃发的生命力从土壤、石阶的夹缝中喷薄而出——那便是野山笋。

我和她各自提一个小篮子，在大山里走上一圈，漫山遍野都是来自大山的"礼物"，不知不觉间，便收获了一筐的快乐。在我看来，这般普通且日常的体验，最贴近乡村生活的本质。

快到饭点了，我和黄姐一起，提着篮子去往溪水边，把野山笋的泥沙洗尽，长长的鞭，只留下嫩尖部位，光鲜欲滴。

而厨房里的忙碌，一勺一铲之间，便是人间最暖的烟火。那一碗毛豆炒山笋，成了我眼中最美味的山野珍味。

吃过晚饭，我坐在院子里仰望星空，只听得山蛙的叫声此起彼伏。在这里，总有一种无拘无束的感觉，恰如黄姐所说，"发呆发痴，都随你，喝茶聊天看月光，也随你"。

5

自陶渊明起，南山便不仅仅是南边的那座山，它象征着自然境界的悠然与清静，承载着人们对返璞归真的美好向往。

而东篱也不再是院外的一丛篱笆，它已经在我们心中，圈出了一片世外桃源，等我们从南山下，"带月荷锄归"。

黄姐说，桃花源虽然没有漫山遍野的桃林，但并不妨碍它成为人们心目中的一道白月光。

背靠常山的最高峰白菊花尖，与淳安千岛湖仅一山之隔，一年四季，这里总有令人心醉的美景。春夏的江南烟雨中，青山翠竹间升起层层薄雾，笼罩山头，人们可以在碧水溪流中嬉戏。秋色入山，层林尽染，可以登山健步。如果赶上雪天，那便更好了。素雪覆盖山林，别有一番韵味。踏雪归来，用围炉烤上几个番薯，好不惬意。

"望得见山，看得见水，记得住乡愁，可不就是真正的世外桃源嘛。"

而"溪上村舍"之名，源自村中的两条小溪，一年四季，流水潺潺，一条名曰桃花溪，另一条名曰白云溪，它们犹如两条绸带，在村庄中交汇融合，穿梭而过，水流在石涧上跳跃流淌，清澈见底，合掌掬上一口，清凉甘甜，沁人心脾。

有意思的是，桃花溪中的石头，还有个特点，乌漆漆、亮闪闪，与别处的溪石大不相同。溯及其中缘由，黄姐笑着说其中还有一段与八仙有关的民间传说。

这当然属于茶余饭后的笑谈与故事了。

而关于村舍的未来，黄姐还有很多真切且新奇的想法。

比如，民宿二期即将建成的亲水平台，将辟出专门的空间作为瑜伽和SPA场地来运作。听着潺潺溪声，来一场私享SPA，可；以瑜伽舒展自己的身体，亦可；哪怕是随心所欲地放空自己，也可。

再比如，溪边的公共空间里将摆上运动器械，客人们呼吸着山林间的新鲜空气，可以随时随地来一场乒乓球赛，或者伴着流水来一场慢跑，愉悦身心。

再比如，由村舍茶室提供专属的养生下午茶，客人们可以品尝装在竹制器皿里的养生茶配上各种有机小点心。

再比如，在夏天搭上帐篷来一场露营，让孩子们看一看广袤的星空。

…………

那么多的设想，夫妻俩有很多事情要做。

在村外人眼里，这片村落，是一片向往中的理想桃源，而在黄姐眼里，村舍承载的是故乡，是记忆，是一个让人来了还想来的故土。她说，这自然的乡野，这既忙碌又惬意的生活，这和亲人们在一起的日日夜夜，正是回归的意义。

萱蘇汐谷：它的美，超越时间

紫 含

　　古老的东西，被风吹着、雨淋着，很容易破败、消失。消失了的东西，只有非常小的一部分能够留在记忆里，供人怀念，更多的，是永远消失了。

1

　　"初识砚瓦山村，就是在这么一个清晨。"

　　在入住的民宿萱蘇汐谷房间的窗台上，我读到这句话。

　　全黑的封面，五只浪漫主义风格的蝴蝶，围绕一轮圆月。月亮上，萱草盛开，影影绰绰，"萱蘇汐谷"四个字后面，是我熟悉的诗词"明月几时有，把酒问青天……"，用条纹宣纸书写着，像一首乐曲。

　　　　　　　　　　　　　　陪花再睡一会儿

如果读过袁俏为她的民宿萱蘇汐谷写的小说，那么走进萱蘇汐谷，就是一次从书本走进现实的旅行：百年时空下，砚瓦山村位于一个不为人所知的山谷，一方砚台讲述了一段故事，五间泥瓦房里的人，在平静的生活中等待生活。

　　每个房间，都有一本《西砚含泪·萱蘇释忧·汐谷有情》，作者竹汐·小妖，是袁俏的笔名。

　　"萱蘇"，为忘忧释劳之典。萱，指萱草，蘇，取皋苏之意，萱蘇，是长在水边高地的萱草。

　　每到春天，大片大片的萱草，开放在砚瓦山、大坞岭山的峡谷中。溪水不知疲倦地流淌，山谷里弥漫着阳光温暖的气息，萱草颀长的叶片闪闪发光。站在山谷中最高的一栋泥瓦房前，我可以看见远处黛青色的山脉延绵起伏，高高的松树林和竹林三面环绕，从那里一直往前，是著名的江山古村落大陈村，山脚，便是小说和现实里的砚瓦山村。

　　这里有让砚瓦山村村民骄傲的美丽自然，也有流传很广的凄美爱情故事——上京赶考的书生在梅雨季节滞留砚瓦山村，与长久制砚的老砚人的女儿相识相恋，但有情无缘。传说本有些遥远，直到有一天，一位杭州女子穿着高跟鞋，走了进来。

袁俏说，我的民宿，就是从故事里走出来的。

黄色泥瓦房，单是这样的房子，经过它，就会显得软弱和敏感吧，像童年时光里小小的那个少年和少女。这样的地点，是小说，是故事，也是现实。

沉重的木头大门，在我身后"吱呀"一声合上了。半明半暗的房间一片寂静，青石条砖画出几条具有青年艺术风格的曲线，区分洗漱间和客房。

暑气一下子消失了。空气里弥漫着年代久远的泥土味，黄泥墙，被保留在改造后的屋内；关上木制窗户，拴好窗栓，光线从横档缝里一丝丝地渗透进来，微弱，缱绻，晃动，令人恍惚不已。

这样的气味，是我熟悉的通往乡村的气味。

保留乡村的气味，是不是也是民宿主人袁俏心底的直觉？

我猜是的。遇到这个山谷时，袁俏甚至都没完全看清它的面貌。"那时，已经看了很多村庄，爬了很多山，带路的村民说，袁老师，还有十分钟就到了，结果，六个十分钟才到啊！"

我们都大笑起来。不乏感同身受。人潮密集的大城市，控制人们的，是时间，是距离。乡村，自有乡村特定的时间，特定的距离，它可以慢，也可以短，它取决于自然与人心之间的连接，它服务于日出而作日落而息的人们，它是用人们的感觉丈量长短和快慢的。

用感觉丈量内心的袁俏，成了萱蘇汐谷的主人。

同行的朋友说，谷主人，看似"不温不火"，事实上却有一种被时间磨炼过的恒温，存在"要命"的吸引力。饭桌上，她娓娓道来为何落地此处。待她吃罢龙虾，说，特别喜欢和能促进她胃口的伙伴一起吃饭，请她吃饭很简单，直接上龙虾，且龙虾不去头。蔡澜说，会玩会吃的人，才能过好这一生。喜欢吃东西的人，基本上都有一种好奇心。

那天，她刚从杭州赶来，六月的梅雨冲坏了通往民宿的山路，她是来督促修路事宜的。

好几年了，每到周末，她就从杭州赶来，考察、设计、基建、装修……她也记不清到底来过多少次，从一点点辣都能泪流满面到如今无辣不欢，她温婉知性的外表没变，性子里的野逸爽朗越来越强烈了。

而我对她的好奇，是从一见面就开始了的。

2

傍晚的萱蘇汐谷，我们像是闯入者。

竹子搭建的大门半开着，推开，一眼望见山谷平台上的游泳池，池里有人在游泳，见我们进来，说："袁老师在楼上换衣服呢。"

我和同伴们站在池边树下，眺望视线里的风景，有些目不暇接。清一色的黄泥墙，倚山而上，互不干扰，却相互连接。夏日山翠，掩映红瓦土墙，挑高的屋顶玻璃窗，白纱垂挂，有大树倚靠屋边，张开绿冠，仿佛一把大伞。

沿青石小道走，顺着山边峡谷，至一处竹亭茶寮。竹亭用大毛竹围成。我们在树下坐好，取一杯顺着竹管流动的清茶，喝上一口，清风阵阵，曲水流觞，好不惬意。

竹亭位置绝好，峡谷至此处变宽，而后升高，怪石林立。壬寅夏季，酷暑缺水，谷里溪流干涸了，然而石头上的印记却让人想见雨季降水丰沛时期的瀑布流水。

水边有一棵大树，树叶哗哗作响。

这里，是民宿小说里诗人们喝酒斗诗之地，是落魄的赶考公子闪闪发光之地，"竹亭题诗春满堂，画到珠红宜后

238　　　　　　　陪花再睡一会儿

素。珠儿颖秀须人雅，云蓝写韵月三更"。

诗里的珠儿，是故事的女主人公。故事里的珠儿，在这里抚琴作诗，喝酒看山，听流水。

我们也在看着。我们的眼睛代替了身体，看见绿，就轻盈了起来；看见水，就洁净了；看见风，整个人都凉爽了。我们，都是现实中的珠儿。

空旷，寂静，独立。五栋老房屋，改造简洁，功能完整，咖啡厅、茶室、接待室、会议室，甚至还有一个洞窟式酒窖，让人惊叹主人的视野与豪气。

院子没有围墙，沿着山谷生长的树木围着谷里的一切。萱草散落在院子里，已经过了开花的季节。不管是在小说里，还是现实中，花园都是能发生故事的地方，满是绿植和花朵的地方带给人们想象，生活就是这样，幻想交织着现实，那些明朗艳丽的美好事物，是为大地上的行走者盛开的。

合上小说，会心一笑，我发现，浙江大学的老师袁俏，萱蘇汐谷的主人，将自己也写进了小说。"每一次旅行，她都渴望能够寻觅到这样一个地方，它是灵魂的归属，它命中注定。"

走在山谷宁静的夜里，我望了一眼那些灯光熄灭的屋子，还有多少人记得它们原来的模样，记得遮风避雨的黄泥墙，给为生活匆忙奔忙的路人带来一点点柔软的时刻？

在人的心中，大约这样柔软的时刻，总会轻易地感动自己吧。

故事还在这里流传，主人坚定地说。我说，袁老师，你构造了山村的故事，也影响着这一方水土的人们，你把更多的文明、审美和诗意赋予了一个破败不堪、行将消失的山村，你已经将故事延续了。

古老的东西，被风吹着、雨淋着，很容易破败、消失。消失了的东西，只有非常小的一部分能够留在记忆里，供人怀念，更多的，是永远消失了。

山村的故事滋养着这片山谷，来这里的人，走的时候，也许放下了自己的故事，也许带走了故事，谁知道呢？

3

宋人诗曰："芭蕉得雨便欣然，终夜作声清更妍。"

如今的居所，想听芭蕉雨声，几乎算得一种奢侈。在萱蘇汐谷，游泳池边有两棵巨大的芭蕉。我们到达时已是傍晚，暑热，芭蕉低眉不语。我和同伴采来一张老叶做茶席，同伴说，芭蕉叶里流出很多水，原来它虽低眉不语，然一身水意也。突然，一位叫"松尾芭蕉"的日本俳句诗人袭击大脑。

摆上盖碗、杯子，在堆青叠翠的阔叶上饮茶，也是古法消暑？今日见微信朋友圈报"下雨"，心里马上润润的，仿佛听见了芭蕉雨声……

翌日，与我同行的小伙伴写下一段话，乡村长大的她，对这样的地方格外亲切。她说，古画里见古人避暑，跑进山里，在蒲垫上玩音乐、啃西瓜。现在的我们，依然如此，露营着，玩着音乐，啃着西瓜。

吹着夏日的风，聊着夏日的故事，和古人一样，看着星空，这样的生活，是不是隐藏在每一个现代人的脑子里，如同梦境？

一个人对一个地方的感觉，就像记忆错觉，如果没有似曾相识，我们对一个地方很难泰然处之，生活带给人们的真实印记太多了，幻想和现实之间，总是隔着微妙的、致命的、令人感伤的距离。

清晨，从幽暗中醒来，打开房门，太阳已经出来。来时，袁俏曾和我说，如果起得早，是可以看到日出的。我们错过了日出，但是看到阳光透过竹叶和鸡爪梨树，斑驳地洒落在黄泥墙和门前的平台上。我与同伴在门前的廊柱里行走、拍照,那里保留着原先的柱子,并扩建了二楼的木制阳台,长长的走廊里木窗户都关着,好像里面的人睡得正沉,小说里袁家公子和珠儿,也沉沉地睡着。露天通宵电影几个小时前才结束,我们入睡时,还听到有住在山脚的村民上来看电影,和他们的袁老师打着招呼,说着家常。

村民们熟悉袁老师,袁老师也熟悉他们。他们带着自己的孙辈来游泳、荡秋千、看电影,袁老师来的时候,他们必定上来看望她。

山谷已经改变,但看上去什么也没变。

在山坡上,白色的幕布悬挂在竹林间,当放映机将光束投影到屏幕,我想起了那句话:"很久以前。"

接着,电影里一辈子生活在船上的钢琴师出现在眼前,熟悉的音乐响起,我突然觉得内心也有点摇晃,仿佛是想要记录当下的那种感觉一样,我拍了一段视频,发在微信朋友圈,问:谁能猜出这是什么电影?

一会儿工夫,答案纷至沓来:《海上钢琴师》。

同伴说,星空下的露天电影,勾起了"70后"的思绪,柚子树、杨梅树、鸡爪梨树、板栗树散落在谷里,熟悉的植

物让人柔软了起来。

银幕闪烁着蓝光，山谷里回荡着电影里的人声。管家小婷端来冰镇过的凉粉和西瓜。夜深了。有人陆续离开，去房间休憩。那些灯光明亮、人声和音乐声依稀可辨的窗子，令我想起消失在生活里的无数寂静的夜晚，以及已经离开的熟悉的人们。

萱蘇汐谷给了我一种宁静的归属感。

她是独立的、私密的，隐于山林，却连接着生活。

她是温情的、亲切的、现实的，却连接着历史和记忆。

她适合归隐，也适合入世，她有别于寂寥的深山，也有别于不染尘世的佛堂寺庙，她带着主人融入其中的高雅之气，也带着乡野的淳朴之味，她适合浪漫诗人，也适合烟火百姓。

对大多数活在滚滚红尘中的生命，真正的寂静之声，在每个生命的心里。

我总觉得时间真是无法揣测、不可思议的，时间重复、往返，时间也堆积、重叠，使树木不断老去，森林日渐繁茂，也日渐萧疏。世界上没有重复的事物，哪怕一粒泥土，也在不断粉碎，不断捏合，不断消失。我们有时乞求青春再来、时光重现，其实时光每时都在重现，但任何一朵花，都在开着未来的样子。

有些地方，当你遇见，便是重现。

我们经历的一切都在消失。很多生活场景都成了消失的历史，很多美好的生活方式不复存在。我觉得，萱蘇汐谷，它的美，是超越时间的。

不老泉：治愈的秘密

吴卓平

手捧一杯暖暖的茶，嗑着喷香的山核桃，闲话家常，便是清冷的冬日里最惬意不过的事了。

樟坞山山麓，岭头村山坳，松林、竹海、山岭、峡谷、溪涧、茅草、石径、竹篱笆，原始与生态。

在此山间，隐匿着一个藏身于浮云与青苔身后的传说——不老泉。

1

四季的风里，唯有春风，像穿过了一场细雨，温润且婉约。尤其是山林中吹来的春风，更是灵动、酥暖，拂去萧瑟了一整个冬天的枯竭，轻轻唤醒草木。于是，草木睁开惺忪的睡眠，探出芽头来打量这一季崭新的时节。

一切开始萌动，一切开始生发。

这一个春天，我来到了不老泉，只为探访一番常山人口口相传的"慢城最美春天"。这个被人们亲切地称为"村子"的不老泉养生养老度假村，占地约一千五百亩，不仅有民宿，还配备养生餐厅、休闲运动区、休闲垂钓区、农业采摘赏园、农耕体验认种区、康体中心、养生酒店、山泉游泳池等特色区块。

站在岭头村山坳的入口，我的眼中皆是清新、湛绿。这里没有匠气的刻意雕琢，只有浑然天成的青山叠翠，还有山岚迷蒙中稀拉的古朴建筑，以及无论走到哪里都能看到的山花，充满了恬淡安宁的生活气息，又有一种浑然天成的山水古韵。这灵动的画面，与争暖的早莺、啄泥的新燕，映衬在山川河湖间，便展现出了一幅幅隽永动人的田园诗画。

事实上，在我之前，早已有踏春客陆续抵达。而无论来自何方，都能在这里享受春日的温柔，真是选对了地方。站在幽深的山野之中，情趣十足的人尽情浏览山的空灵。没有喧嚣的噪音，静得每呼吸一口山涧的空气都会感到透彻心扉

的清新，大有疗伤去病的意境，让整个人变得神清气爽。

而一只小鸟从一棵树飞到另一棵树，落在了哪里，也会吸引一群人的目光，同样是因为山的寂静。

当然，不老泉不止静美。溯清泉的源头而上，一条清幽的山涧隐在林荫深处，山泉潺潺，泠泠不绝。

沿着林间小道拾级而上，于半山腰处豁然开朗，但见一巨型酒壶屹立泉边，壶嘴高悬且正对泉眼，仿佛这叮咚作响的山泉是从壶嘴里倾泻出来一般，亦真亦幻，仙气逼人，这正是不老泉的泉眼所在。"爱情不老，长寿不老"的古老传说伴随着泉水叮咚响，传向四方。

而回首来时路，沿途安放的鹅卵石、千层石，大大小小、层层叠叠，我想，若是配上皎洁的月光，聆听叮咚作响的山泉，一种"明月松间照，清泉石上流"的意境必定跃然而出。

管中窥豹，不老泉的治愈秘诀，可见一斑。

2

小木屋民宿，就隐于葱郁茂盛的山林之中，去往山上的半道，有一座八角凉亭，古意盎然。

走入其中，我便发现民宿的古朴外表下，藏着一颗雍容典雅的心。房间设计走的是轻奢路线，一面是修竹、山泉、石板路，依旧保留着古朴的样子；一面是落地窗、露台、高房梁，引入现代化的装饰，简约又不失时尚，将传统和现代共冶一炉。

住在这里，犹如回归了山野，三五天，半个月，甚至半年，也不会嫌长，那将是另一种快意和人生。就像居于终南山的二冬，"一座山，一个人，一张桌子，一张床，手机沦为手表，也不用回信息、刷微信，干干净净，只剩看书写作、等天明。"

这大概就是现实里的世外桃源吧。

没有俗事纠缠，不用面对人世纷杂，只有山林里的虫叫、鸟鸣、流水潺潺、风打松林籁籁响，清清澈澈，安安静静。

已在民宿工作好多年的潘姐告诉我，经常有大城市里的公司老板跑来不老泉住下，每天早上起来，去山林里走一走，回来看看书、喝喝茶，抑或看云起云落，发个小呆，傍晚又去山林里走一圈。

在这里，他们放下繁杂琐事，生活简单得像个修行之

人。住上三五天，便回去，隔一段时间又会再来。

　　人在这一生中，不能一直奔波忙碌，而不老泉，这处深藏在山坳里的山居民宿，有着原生态的丛林深谷，清新悠然的自然，仿佛拥有一种魔力，可以让人身心得到彻底放松。

　　这里没有生活的紧迫感，没有都市的焦虑气氛，时间在这里是缓慢的、静静的。

　　为了找到治愈身心的秘籍，我选择在不老泉住上两日。

　　而我发现，不老泉的一天，是从撩云拨雾开始的——

　　翌日晨起，只见山顶一片迷蒙，山林开始渐渐苏醒，晨光透过云层，唤醒了云雾之中的营地。

　　鸟儿停在屋顶啁啾，推开门，走到露台，迤逦青山图卷便扑面而来，因为山舍木屋正对着一片峡谷，有着极为开阔的视野，酝酿了一晚的云，瞬息万变的雾，时而浮在你的脚下，时而如瀑布般扑面而来……

　　我倒没有惊喜，因为潘姐早已告诉我，这样的仙境场景，是这个季节的常态，几乎每天都要在这里上演。

　　等旭日从山头的那一边慢慢升起，鼓动的风，便会和阳光一起，吹散晨雾，秀峦奇峰也渐渐显露真容。而悬挂于

"村子"之中的一条条彩带，在风的吹动下，发出哗啦啦的声响，仿佛是圣山上飘舞的五彩经幡，远处云雾相逐，竟有几分如处秘境的圣洁感。

当然，来到这里，我还有一个发现，那就是对山的"可行、可望、可游、可居"，绝非难事，设计各异的房，甚至能让你看到同一座山的N种风光——

例如，可借窗看，大面积落地窗，框出了一幅绝妙的山水画；

可俯看，站在露台上，居高望山；

可卧看，枕山而眠；

可坐看，一边品茗，一边品山；

甚至可从水中看，水塘的倒影中，浮现山与月，松林与云朵，意趣无限……

3

当然，在不老泉，最吸引人的是，这里不仅有一大片充满野趣的山林，以及一张好眠的床，还有着不一样的生活体验。

因此，说到住在山里的好处，潘姐滔滔不绝，如数家珍。

春日里，暖意融融，山花烂漫。"不老泉的山不高，好爬，远远地，你就会看到一树树的山花，它们憋了一个冬天，终于在春天里抽出新芽，开出娇嫩的花"，可以去果林采摘鲜果，也可以到山中挖笋，晚间餐桌上就此多了一道鲜香四溢的腌笃鲜，那滋味，绝对一口气能吃下两碗白米饭。

夏至，谷内谷外温差可达三四摄氏度，满室清凉，暑意全无，"就连知了的叫声都更加悠长清丽"，而夏天的山里，空气新净，连脚下的泥土都被山雨浸得比平时更松软，更好走。

秋天，是令人期待的日子。树上的叶，那绿黄橙赤渐次出现的模样，把整片山林渲染得尤为梦幻，客人们可以随附近的村民上山采摘柿子，制作柿饼和柿子干。自然晒干的柿饼和柿子干不含任何有害成分，也许含点儿尘土，那也是山风夹带的山野的净土。

冬天的山里，常常无太多事可做。于是，手捧一杯暖暖的茶，嗑着喷香的山核桃，闲话家常，便是清冷的冬日里最惬意不过的事了。

就这样，和潘姐聊着山里的院落、三餐、四季，倒是愈发让人沉浸于"深林人不知，明月来相照"的小隐生活了。

因为地处山地丘陵，且所在的白石镇位于浙赣两省交界处，是浙江省的西大门。所以每年从这里出发去徒步、登山的户外爱好者不少，潘姐说工作人员通常会为客人们打点好需要的物资。除此之外，那些不愿意闲着的人，她也会建议他们去周边的三衢石林、黄冈山、桃花源、梅树底村等景点、古村落逛逛，呼吸山间的清爽空气，顺便把步数刷爆微信朋友圈。

而户外运动爱好者们也可以尝试一下休闲运动区的滑索项目。通过架设好的滑索装备，在丛林之间穿越，在空中听风声从耳边呼啸而过，体验肾上腺素飙升的快感。

这是对自我的一个挑战，也是对勇气和内心的一种历练。

"体验结束后，很多人会觉得全身从内到外都是酣畅淋漓的，仿佛获得了新生，眼前的任何困难都不怕了。"

两日过后，我离开不老泉，纵然不舍，但两天的山野生活体验也让我明白了一个道理，大家热衷于山居民宿，不见得是对枯燥生活的逃离，也有可能是对高品质生活的追求，对消遣闲暇时光的探寻。人总会有懈怠期，与其在原地无所事事，不如选一个心仪的地方，让生活出彩，也取悦自己。

进士别院：笔墨传家风

宛小诺

天井前的檐廊下，摆了一张木桌、几把木椅。

独沏一壶茶，坐下翻书。

1

清明时节雨纷纷。我们到达东案乡金源村时，春雨正淅淅沥沥地下着。宽阔的金源溪，河水满涨，哗哗奔流。河边的枫杨树粗壮高大，新绿的叶子交织成浓密的树荫，在随风摆动时，水光摇曳。

群山连绵，被一层牛奶般的白雾笼罩，山色空蒙，青翠欲滴。

金源村就坐落在这片秀丽的山水间。整个村子沿着山脚河边的狭长平地分布，靠山面水。

古坑溪自青山而下，带着暴涨的春水，欢腾着穿过村庄，流入金源溪。它是金源村的水之源，村中水系皆由它而来。

我们从古坑溪旁的南门牌坊走进村庄，溯游而上，行不远就看到了溪边一座古老的牌坊。年代久远的青石已纹路斑驳，爬满苔痕的坊额上，"世美"二字清晰可见。

世美坊旁有一座巍峨的宗祠，匾额上书"贤良宗祠"四字，牌楼飞檐翘角，门前矗立六根笔直的旗杆，气势恢宏。

据记载，贤良宗祠始建于北宋宣和七年（1125），距今已近九百年。空荡荡的庭院中，苔痕青青，碧草映阶，任淅淅沥沥的细雨不停落下，冲刷着青石板地面。

紫色的三角梅经不住连日的雨水，柔弱的花瓣铺散了一地。

"世德堂"中，粗壮的木柱、木梁，历经年代的更迭、岁月的打磨，已痕迹斑驳，却依旧结实、有力地支撑着宽阔的中堂。褪了色的藻井、磨损的牛角雀替，依稀在诉说家族兴衰起落的变迁。

贤良宗祠原称"王氏宗祠"，是村中王姓族人的宗祠。王姓是金源村的主姓，据《王氏宗谱》记载，北宋末年，方腊起义，时局动荡，王汉之的五世孙王翰从芙蓉章舍迁至上源（今金源村），是为金源王氏的始迁祖。

当时，王氏是衢州望族，北宋中后期人才辈出，前后有九位都是进士登科，因此有"一门九进士，历朝笏满床"的美誉。尤其是王介，当朝为官时贤良方正，学识渊博，在当时朝廷的贤良方正考试中，与苏轼、苏辙名列前三，传为美谈。贤良宗祠前的六根旗杆，便彰显了王氏世代科甲连登的荣耀。

古坑溪边那一座始建于宋重建于明嘉靖十七年（1538）的"世美坊"，同样也是对王氏家族九进士荣誉的称颂与表彰。

2

世美坊前，一座青石小桥横跨河面，古意悠远。我们走过石桥，沿着青石板巷弄便进了村中。源于宋代的石板街奠定了古村的肌理和脉络，沾了雨水的石板泛着青光，一道道坑洼不平的纹理和磨痕，讲述着岁月留给古村的故事。

在一栋栋后来建起的三四层的楼房之间，依然保留着不少青砖黄土、黛瓦飞檐的老宅院。窄窄的"一"字古街，古

老的水渠依旧流淌着流水，沐浴了雨水的铜钱草长得愈发生气勃勃。山墙、花窗、青瓦、老街铺，在春雨中氤氲着静谧而闲淡的气息。

不经意间，我们就到了目的地——进士别院。

这是一处由村中老屋改造成的民宿。打理民宿的小徐告诉我们，老房子此前是一家三兄弟所有，从祖辈一代代传下来，由于分家等因素，原有的宅院格局被分割、隔离，已不完整。设计师在老屋遗留下来的格局的基础上，对各生活区域做了新的调整，将左右厢房改成客房，对原有的木构件修旧如旧，重修了门楼、雕花门窗，让破败的老屋再次焕发生机。

天井虽小，却错落地布置了假山叠石、修竹菖蒲；原有的水渠被保留了下来，承接着屋檐下的滴水；雪白的高墙上以小巧的花窗做装点；青砖门楣的石匾上，"南极星辉"四个字隐约可见。既有江南水乡的韵味，又保留了古村朴素的生活气息。

民宿的房间小巧而精致，家具和装饰物都是原木或竹制，简约文雅。半面墙的大玻璃窗，给室内带来充足的阳光。窗前是一方榆木书案，书案上有一笔挂，整齐地挂着毛笔，旁边还摆了砚台和墨水。

这笔墨纸砚不只是摆设，别忘了，金源村可是出进士的地方。这里人文积淀深厚，自古文风浓盛，写书法的传统也源远流长，是远近闻名的书法村。村里专门成立了书法协会，上到耄耋老者，下到中小学生，都习得一手好字。

房间内的墙壁上挂了一幅书法作品。我凑近仔细一看，原来是米芾名作《送王涣之彦舟》的摹本。虽是临摹，却写得灵动洒脱、生机勃勃。

《送王涣之彦舟》是北宋大书法家米芾最著名的《蜀素帖》里的最后一首。这是一首七言古诗，诗云：

集英春殿鸣捎歇，神武天临光下彻。

鸿胪初唱第一声，白面王郎年十八。

神武乐育天下造，不使敲枰使传道。

衣锦东南第一州，棘璧湖山两清照。

襄阳野老渔竿客，不爱纷华爱泉石。

相逢不约约无逆，舆握古书同岸帻。

淫朋嬖党初相慕，濯发洒心求易虑。

翩翩辽鹤云中侣，土苴尪鸱那一顾。

迩来器业何深至，湛湛具区无底沚。

可怜一点终不易，枉驾殷勤寻漫仕。

漫仕平生四方走，多与英才并肩肘。

少有俳辞能骂鬼，老学鸱夷漫存口。

一官聊具三径资，取舍殊涂莫回首。

方才在贤良宗祠，祠堂前有一面雪白的影壁，其上也摹了这一首《送王涣之彦舟》。在那一面巨大的影壁上，这首长诗就更显得气势恢宏了。

3

《蜀素帖》原作现藏于台北"故宫博物院"，是米芾代表作中流传最广的。北宋元祐三年（1088）九月，米芾应湖州郡守林希之邀，游览太湖。清风徐来，水波不兴，米芾兴之所至，不禁赋诗数首。其后在林希所珍藏的蜀素上，他挥笔写下了八首诗文，是为《蜀素帖》。

之所以在金源村处处可见米芾的这首诗，是因为诗名中的"王涣之"便是常山王氏九进士中的一位。

王涣之是王介四子，字彦舟。他年少成才，十九岁就考中进士，即米芾诗中所写的——"鸿胪初唱第一声，白面王郎年十八"。王涣之比米芾小九岁，同朝为官，都喜欢书帖、奇石，因此志趣相投，来往密切。在米芾存世的诗或帖中，有不少写给王涣之或提及王涣之的，可见两人交情颇深。王涣之生性淡泊，恬于仕进，《宋史》记载他：

> 每云："乘车常以颠坠处之，乘舟常以覆溺处之，仕宦常以不遇处之，则无事矣。"其归趣如此。

书案上除了笔墨，还摆放了两册书。一册正是《蜀素帖》字帖，而另一册，是《常山县历代进士资料汇编》的影印本。书应该很老了，所以寻不到原版，但民宿有心，做了影印本放于这别院中，好让往来的客人们能对这个进士村了解一二。

我拿了书走到房间外。天井前的檐廊下，摆了一张木桌、几把木椅。独沏一壶茶，坐下翻书。

书中有专门一章对常山王氏家族进行了介绍。王氏"兄弟皆进士""父子四进士"等故事，在民间传为佳话，激励着后代族人。金源村村民以此为荣，将先辈作为楷模和典范，"进士文化"一脉相承。此地自古文风浓盛，耕读继世。民众向来十分重视读书，注重对下一代的培养。

贤良宗祠的后堂，现已修缮成为村文化礼堂，方才在宗祠，我们就遇到好几个村民正在后厅的檐廊下练习、交流书法。而后院的偏厅则开辟为村图书室，书籍满满当当地摆满了书架，书桌椅整齐，灯光明亮。在这个下雨的周末，村中孩童聚在图书室内，写作业、看书，孜孜向学的认真神情、浓厚的文化氛围，不由得叫人对这个村子生出敬佩之情。

翻书间偶尔抬头，看见天光穿过房檐之间的狭长空间透进来，雨水顺着瓦檐滴下，像成串的珠帘，我似乎也感受到了当年宅中读书人的心境："命也岂终否，时乎不暂留。勉哉藏素业，以待岁之秋。"

4

清明时节，在金源村我吃到了一种当地特有的节令点心：清明泪。清明泪形似小汤圆，一颗颗白白圆圆的，如一粒粒晶莹的眼泪。它由大米和糯米混合磨成粉后搓成，吃起来清香软糯。这名字也美，带着清明雨纷纷的哀婉与思念。

诗意的乡村，连食物的名字都这么诗意。

金源村还有个特产，是村里各家都会做的土豆腐。这里烹饪豆腐的方式也多种多样，村民会做红烧豆腐、炖豆腐、烟熏豆腐、豆腐渣等。每逢过年过节，家家户户都会烹制出一整桌的豆腐宴。

为进士别院料理三餐的王家夫妇，就是金源村本村人。他们此前一直在上海的饭店做事，金源村开发旅游后，他们第一时间就决定回老家来工作。

小徐是衢州人，以前在北京的中国农业科学院上班。有了孩子后，他回到故乡，在金源村打理这家民宿。他笑称不管从前还是现在，自己反正跟"三农"是分不开了。

可以回到故乡，待在家人身边；可以继续从事自己擅长而专业的农业领域工作；可以将生活寄放于这一片清秀山水中，又何尝不是一种契合而浪漫的缘分呢？

金源村后就是风景秀美的梅树底风景区和常山第一高峰——一千三百九十五米的白菊花尖。连绵的青山环绕着乡村，在雨天里云雾缭绕，跟水墨画似的。时常有登山爱好者来攀爬白菊花尖，下山时路过古村，都愿意在村中歇上一日。

下着雨，走在村中也看不见村民。小徐说天气不好，村民们难得可以在家休息。农村的人，一年到头都劳作在田间地头，没得歇息。这几年村里开发旅游，环境风貌、基础设施和旅游配套设施都有极大的改善，一些村民也参与到旅游接待中，将自家闲置的房间提供给游客住宿，每年都能有笔可观的收入。

夜宿古村。溪中水声淙淙，流淌了一夜；蛙鸣阵阵，凉风中尽是潮湿气息。靠在床头，翻阅随身所携书籍，伴以乡间各种自然声响，惬意愉悦，不知不觉夜已深。

在读书之风浓盛的宋时，古村的读书人在清风明月之间自在诵读，心中志向高远、理想美好，便是人间好时节吧。

陪花再睡一会儿

水韵山居：一入溪山静

吴卓平

　　出了院门，我们穿过一小片竹林，向溪边慢行，溪音便愈发悦耳灵动，听着听着，浑身都充满了一种治愈的力量。

1

　　从常山县城前往西源村。一进新昌乡，山间公路就变得弯曲、狭窄、盘旋，风景也开始变得不一样。

　　山路的一旁，正是芙蓉水库。水岸边裸露着巨大的岩石，时而又遇到一潭深水如玉，一条瀑布从山顶倾泻而下，在岩石上溅起银白色的水花。

　　一路上山、下山，按着导航的提示，我们终于来到了小山村。

村中的民宿水韵山居，隐于一片山谷之中。到达时，民宿主人程哥正穿着一件白色T恤，站在院子里的大树下。看到有客来，他停下了手里的工作，把我们迎进茶亭。

松下筑亭，茶香盈野。一间小小的茶亭，似乎锚固住了一整片山谷的气场。

他泡茶的速度很慢，语速却很快，看得出来，是个办事利落、爽快的人。

原本在常山城区经营餐饮生意的他，大约是喜欢自由自在的日子，便跑回了山里，把老宅精心改造一番，经营起了民宿。今日想要营业，就开着，想要休息，就关上门，堪称"佛系"。

坐在茶亭之中，环视一圈，我的视野之中只有白和绿两种颜色。白色的是院中小楼，绿色的则是青山与林木，再无半分其余颜色，素净又清爽。

喝着茶，享受着山风的吹拂，似乎连夏天的热与闷，此刻也被一扫而空。

2

叩开小楼门扉，映入眼帘的便是宽敞的大厅，各处都被打通，成为明亮的公共休闲区。厅内的木质长桌、沙发、靠窗小茶几，让角角落落都充满轻松休闲的氛围。

而每个房间也被精心地营造出一种精致浪漫的生活感，素雅的家居配上暖色的灯光，大玻璃窗、若隐若现的窗帘半遮面，别有一番情趣。

可以看得出，民宿的布置与装饰风格是将现代与中式古典、乡野风情相结合，没有奢华的装修，但别出心裁地在设计与细节上花了一番心思。

"山里的民宿是个特别的场域，住进山里的民宿，就是走进山里人的家，分享和体验另一种生活。"

在程哥看来，山野民宿的本质是回归自然，而人也是如此。

在大城市工作多年，老家的老房子原本只住着老人，在民宿、文旅建设浪潮的感召下，他将半闲置状态的老房重新进行了一番装修，并投入了运营。

"在城市里生活久了，常常会向往无拘无束的乡野生活。我就是在创造这样的空间，让孩子们知道黄豆怎么变成豆腐，植物如何开花结果，四季怎样交替往复。"

如今，他的愿望终于实现了。

3

"我偶尔会住在常山县城,空气也算新鲜,可是每一次来到这里,都觉得像进入了新的境界,再看看从上海、江苏来的客人,他们一个个夸张地张大嘴巴。"

禁不住好奇一问,为何?

一行人答,吸氧。

山中方一日,山下已一年。这里吸一大口,等于城里吸十口,"这里就是仙界啊",看来,城里人的眼光与百年前选择定居于此的先民们相当一致。

"那客人来这里,你会带他们做些什么?"

"夏天,山里的温度总比城市低四五摄氏度,客人们看见清冽的溪水就想下溪,我总会说,可莫惊了溪中鱼虾啊。客人们通常就笑笑,不下溪,却将溪边的石头翻来翻去。啊,有小溪蟹!胆大的城里人去捉,被蟹螯钳住了手指。呦呦呦地叫着,脸上却依然笑靥如花。"

"秋天时,院里生起炉火,大家围坐一圈,办个'篝火'晚会,村民们唱着山歌小调,往往会把山外的客人们逗得竖起大拇指。有一年秋天,来了几位北方的客人,他们对一位村民家门口的石臼感兴趣，第二天我就特意蒸了糯米饭，让他们在石臼上体验了一把捣麻糍。"

"冬天，我通常扛上锄头，拉上来往的客人们往山里跑，我告诉他们冬笋生长在竹子的阳面，因为有阳光照着，地下的笋芽才会生长。有客人起初不信，呀呀叫着，看地面有凸起便一锄头下去，没有，这才信了我的话。他们在竹子的阳面终于发现了冬笋。这种采撷很能鼓舞人心，因为真理的发现往往需要撇开谬误。"

而冬笋挖到了，野木耳也就顺便采到了。

与程哥聊天，我觉得愉快极了。在他身上总能得到许多独属于山野的智慧和启示，而这，也正是他的待客之道。

当然，大家最爱吃的，也是土得不能再土的农家菜：地里挖的，山上长的，溪边抓的，屋边养的。酒则是番薯酿造烧制，名为土烧，一口下肚，有股淡淡的炽热从口腔喉咙穿过。

他依然记得，曾有个客人在春节期间来到村里，看到处悬挂着红灯笼，还与村里农家一起打糖、划糕、炒花生，闻着香气，喝着酒，却流出眼泪来。他说，想起了自己的妈妈和奶奶，他已经半辈子在外，如今找到了回家过年的感觉。

"所以，你说为什么能吸引那么多人？"

好山好水好菜，我如此回答。

4

聊着聊着，夜幕渐至，天色转变成了墨水蓝。

群山便只见轮廓，影影绰绰。山里的夜晚，特别安静。我偶尔能听到草丛里的几声蛙鸣，除此之外，便只剩下永不停息的溪流声。

一夜的好眠。

第二天，我一边喝粥，一边望向窗外连绵的青山，村舍隐于山色之中，倒有些模糊了，窗外的一切仿佛变成一个大色块，如抽象画般引人无尽遐想。

吃完早餐，程哥拉上了我，提议一起去溪边、山谷走走，"偶尔来到山里，就应该把时间更多地拿来与自然相处"。

的确，昨天匆匆赶路，实在没来得及抽出时间细细地打量这个小山村。十分好奇，这个赐予人一夜好眠的山清水秀之地，山水格局会以怎样的形式呈现？

其实，从在房间里整夜听到的水声激激，就能知晓山谷的水源是何等的丰沛！

出了院门，我们穿过一小片竹林，向溪边慢行，溪音便愈发悦耳灵动，听着听着，浑身都充满了一种治愈的力量。

由程哥嘴里得知，这一条小溪名叫芳村溪，东源昌湾尖，西源芙蓉岭，两源相会于芙蓉湖口，为常山港的一级支流，流向钱塘江。

而西源村，按字面意思就能猜到，是芳村溪自西流经的第一个村庄。水从芙蓉岭来，穿村而过。

正逢梅雨季节，几番夏雨之后，溪水非常充沛，似乎每一处溪水都拥有不同的流淌方式，喷薄豪迈而出有之，漫溢羞涩温柔有之，石缝间轻快流淌有之，千姿百态。看着看着，水的欢颜便漫上了人的脸颊。满谷是欢歌的水，再多的赞叹也如同多余，溪流仿若在风中跟人谈心，谈山谷四时的美景，谈竹林里的秘密，谈山顶与山麓的风景，谈云酿的神话。

5

沿着芳村溪，行至村口，一株古老的大樟树，以全然不懂人间烟火的模样，恬静而立。百年的时光，山外的红尘已翻腾无数，多少悲欢离合，演绎过一个又一个喧嚣竞逐的故事，而老樟树似乎根本不屑一顾地兀自青碧、云淡风轻，一

如树旁翠得发亮的苔藓薇蕨。

这里正是溪水流经的平缓地带，溪床上奇石林立，让人目不暇接。而从老樟树下越过一座石桥，便可以望见十几栋老屋沿着石阶巷道分布，还有菜园篱笆，那是村舍聚集之处，一派"梦里吾乡"的宁静村景。一幅意蕴丰富的中国山水图轴至此被完美呈现。青瓦土墙的山里人家，在山口恰到好处地把山谷的神秘与神奇点染成了让人温暖又令人心醉神迷的山水画境。

来不及感叹小村的静谧之美，只一个转身，程哥便带我从登山步道闪入了山林之中。山谷静穆，云空高远。步道自脚下向山谷的幽深与神秘延伸。阳光和云在头顶不时转换，此时，最享受的事，莫过于安然沐浴于山野中一尘不染的山风。

边走边聊，程哥的山野智慧依旧时不时地迸发——

"再走几十步就能遇到几棵野樱桃树，好吃咧。"

"蛇莓和树莓虽然长得像，但其实是两种完全不同的植物。"

"竹子有大年小年的区别，2021年是小年，竹叶普遍发黄。"

············

其实，无论蛇莓树莓、大年小年，对于久居城市的我来说，眼前的一切皆是弥足珍贵的——山野间的植物争先恐后般追逐阳光；山谷四壁，流光如明眸，明亮深邃于树叶之上、溪声之上；林木蓊郁，虽然看不到广阔的天空，但视线里条状、块状的天却柔蓝欲滴。

突然想起，曾有一位哲人说过，隐居山中可窥视到天地万物和自己的内心。若是让我们完全隐居山中不太现实，但一个月给自己留上几天暂时避开城市不啻是一件幸福的事儿。

"以后有空可以常来，这附近我都熟"，似乎是看透了我的心理活动，程哥笑着拍了拍我的肩膀。

瞧瞧，除了好吃的与好玩的，山野里还住着程哥这样的生活美学家哩。绿水青山，肆意生长，似乎总有说不完道不尽的故事，要把人留下，抑或再次吸引来。

创作团队简介

 稻田读书

读书生活社群文艺品牌

以阅读为纽带，以兴趣为指导，以社群为渠道，通过读书、旅行、创作、展览等方式，激发潜能与才华，共同创造精神世界的诗意与富足。

周华诚　作家，中国作家协会会员，著有《陪花再坐一会儿》《江南三书》等

许　彤　作家，资深媒体人，中国作家协会会员，衢州市作家协会名誉主席，著有《衢州有意思》等

成向阳　作家，中国作家协会会员，山西省文学院签约作家，著有《夜夜神》等

松　三　作家，著有畅销书《古玩的江湖》等

吴卓平　资深文化记者，著有畅销书《杭州：钱塘风

物好》等

宛小诺　旅游达人，著有畅销书《高黎贡山下雪了吗》《喜欢自己，世界才会喜欢你》等

紫含　作家，浙江省作家协会会员，喜野逸，志散淡，痴迷文字的无限可能性

明宇　跨文化人类学者，科技行业商业咨询师，曾旅居丹麦七年，多家媒体撰稿人